面包与玫瑰

柏林故事

[斯洛文尼亚] 阿莱士·施蒂格 著

梁俪真 译

华东师范大学出版社

华东师范大学出版社六点分社 策划

本质上,每一座城市不过是你的房间的延伸,你从来不会彻底地无家可归。/······/所有城市中最理想的城市,在我看来,无非是大脑内部生活的向外翻转。

——杜尔斯·格林拜恩

最终,我学会了在词语中隐瞒我自己,而它们实际上是云。

——瓦尔特·本雅明

目录

2

3

第一章　烘焙房与药房

　　我翻开《柏林日报》，浏览知识竞猜栏目——《你了解这座城市多少》——罗列的解答。流经柏林的河流的名字（听上去似乎我正躺在一张陌生的床上）至少有这样一些：施普雷河（Spree）、哈弗尔河（Havel）、五勒河（Wuhlein）、潘克河（Panke）。约瑟夫·欧文·巴赫曼于 1968 年 4 月 11 日枪杀了骑自行车路过的鲁迪·杜契克①。在柏林，每一年有

---

　　① 鲁迪·杜契克（Rudi Dutschke），当年是德国社会主义学生联盟主席，德国"议会外反对党"（APO）的灵魂人物，曾参与几乎所有 APO 组织的，针对整个资本主义的大型抗议活动，在当时的学运中心柏林呼吁进行世界革命，反对美国发动越战。刺杀他的是一名来自斯图加特药房的学徒。（本书中的脚注均为译注）

12569 对恋人结婚；10245 对夫妻离婚。这个城市负债 620 亿欧元。每一天，柏林有共计 3339436 的居住人口共消费 25 吨土耳其烤肉，相较于柏林的宠物犬们日复一日留下的日均 55 吨狗粪，这其实不算太多。JWD 代表"janz weit draußen"，"极其遥远，直到世界尽头"。一句流行的柏林格言是这样结束的："愉快地生活，生气勃勃地生活，像一只巴哥犬在飞翔中安睡。"知识竞猜并没有涉及到最重要的一点，那就是，柏林是一座烘焙房的都市。那些几乎见不到烘焙店影子的街道，它们拥有的命名权应被暂时剥夺；它们应该被连接到另外一些大街小巷，在那里，每家每户的门后都会飘出面粉和奶油卷的温暖芬芳；酥脆的牛角面包们在陈列柜中宣谕着饕餮的先兆。穿着令人生畏的制服的胖伯莎（Big Bertha）嘲弄地看着我。仅对没烤熟的面包芯和烤焦的面包皮而言，我的斯洛文尼亚-哈布斯堡-糟糠①口音听

---

① 此处在原文中使用的词语是"Kakanski"，它来自 kakanien，对哈布斯堡王朝的一个戏称；两个"K"分别来自"königlich-kaiserlich"（皇朝的-帝国的）。它被用以描绘哈布斯堡王朝在奥地利（帝国）和匈牙利（皇朝）这两个不同部分扮演的角色。Kakanje 在斯洛文尼亚语中如同 kacke 在德语中，指"屎"。

上去才会表面上有些德国味儿。伯莎含怨的表情让我意识到，当一只面包卷是柏林小面包（Schrippe）的时候，称作巴伐利亚小面包（Semmel），或把德国南部才有的薄煎饼（Pfannkuchen）认做"柏林包"或东德果酱包（Krapfen），是令人无法接受的。马丁·路德闯入了柏林的甜甜圈世界，所以它们不再血淋淋地滴着果酱；而这，对于参加天主教忏悔节的年轻人来说，同样对胃口。一只柏林甜甜圈里填充着巧克力，甜奶酪，杏仁糖酱，并被结结实实地撒上一层融化的糖。一位柏林人年均需消费 80 公斤糖，知识竞猜栏目还提醒，但这则信息并没有将我从胖伯莎考量和评判的注目中解放。当我离开烘焙店，我便回到了我的语言；可在那里，字母 P 影子里的肚腩消失了，"烘焙房"（pekarna）成了"药房"（lekarna）。一家药房在烘焙房们的谛视下潜伏在奥利瓦广场的一处转角。片剂和粉剂，膏油和药酒，是牛角包，长面包，蛋糕和面包卷的无意识。仿佛这座摄食过多的城市，在每一个角落后面都需要一剂灌肠剂。然而，即便有烘焙房那不断被填满又被清空的货架形象存在，药房的外部形象总是难得一变——大号橱窗上总是相次排列着面露微笑的病人为阿司匹林片剂粉末和验孕测试棒的销售做广告的海报。药房被时间豁免，它们对治愈的承诺同样如此。这些与永恒有关的店铺是不苟言笑的，而烘焙房，却为这座城市复杂的消化道内时间那持续的虹吸作用增添了一抹高光的强度。环绕建筑工地的红色安全围绳，风錾的咔哒声，沥青路面上的垂直竖井，还有二月的雨水中被小心堆放的管道，无不在证实这座城市为它无懈可击的都市化消化活动所准予的保健。柏林正在慢性堵塞和饥饿之间踟蹰。尽管这看上去不可能，但伯莎的双手并不能喂饱这城市，所以它永远在被喂食；伯莎用一把小笤帚清扫展示柜中的碎屑和种子，沉缓地结束一天；如同这座依旧匿名的城市四散分布的各种不同形象，它们曾在白日和黑夜之间播撒，之后被贱卖抛售。找寻甜食的途中，不是伯莎的手，而是奥利瓦广场另一端某位土耳其人的手拯救了我。似乎这里的甜食是用最脆弱的玻璃做的，盒子里，娇弱的一小块紧挨着另一小块堆叠着，盒子被小心翼翼地放进手提袋中的莴苣头和欧芹之间。很快春天就来了，这位土耳其智者说着，摸了摸他的双下巴。在柏林，这座移民城市，我们都是异乡人。异域的情愫相互联结，共同的浩劫亦然。他问我是不是想喝茶。他的妻子喜爱甜食，这就是他们为什么会在卖水果和蔬菜的同时,也贩卖托伦巴①和土耳其碎芝麻蜂蜜糖、果仁蜜饼和土耳其蜂蜜。但是独自一人守着窄小的店面是乏味的,他几乎总是迫不及待地与顾客攀谈。至少他可以与他们分享一点清静。寂静跟孤独的沉默是不一样的,他告诉我。终于,我在马路对面的超市圆满完成了采购。几名瘾君子在货架之间计算着价格差,他们用慢摇节奏的句子就采购行动谈论了一番,最终选择了一大瓶可口可乐和一包吐司。在堆满了货品的货架之间狭窄的过道上,我们的扫视会对接少许片刻,随即迅速中断,愧赧和瞳仁的散光同时坠落地面。收银员——她的名字叫奥尔加,而这是仿效伯莎的另一个已经模式化的名字;从这个角度看,人不应该被冠名——输入价格,伸开她白皙的双掌,如同伸在一柱水流下想要洗涤;瘾君子中的一位释放出满满一拳头硬币的小瀑布,露齿一笑。收银员对他们这种乐此不疲的重复了然于胸,但为了不出差错,开始清点那些一分、二分、五分硬币。光买了点可乐和面包片的瘾君子们,可以细嚼慢咽一番了;我,买了一整条全麦面包,莴苣,欧芹和一瓶意大利弗尔兰

---

① 托伦巴(tulumbe),一种在炸花生外面包裹糖浆制成的小吃。

酒,也可以细嚼慢咽一番了,这品咂将我们联结。在一张与这类联结有关的纤薄透明的网里,在它编结的类同关系之中,关于家乡的记忆渗入我,细微到难以被察觉。如同一根看不见的线被针尖引着缄默地穿过一粒细小的种子,也许最终会有一串项链——一个小孩,嘴唇周围画着黑色记号笔描出的胡须,从街上走过。这样一座巨大城市里这唯一戴着面具的人提醒我,就在今天,他们正在埋葬一个来自普图伊①的,因进食过度而死去的男人,一个狂欢节饕餮客的戴面具的傀儡②。或者,他们已安葬的是个女人?

---

① 普图伊(Ptuj),斯洛文尼亚最古老的城市,位于该国东北部。它是作者的出生地。每年2月末人们会在此举办一个长达十几天的狂欢节;狂欢节融合了天主教和斯拉夫异教的元素,用意在于驱赶严冬,欢迎春日,为健康和丰盛祈福。人们在这个狂欢节的着装与面具,与斯拉夫文化中执掌生殖与丰产的异教神 Kuren 有关。

② 此处原文为 Pusta Hrusta。Pust 指每年2月在普图伊举办的狂欢节;hrust 是指饮食过度的人。而 Pust Hrust 是指象征了这个狂欢节的、戴面具、身套山羊皮的人形偶。

第二章　地铁站里的塔西佗[①]

　　一个如同从柏林夏洛滕堡赶赴普伦茨劳贝格的漫长旅程一样拉长的钟点，因为琳琅满目的酒吧的名字，被缩短了。"黑酸"(Schwarz Sauer)，"非彼即彼"(Entweder oder)，"俏佳人弗里达"(Flotte Frieda)，姑且这么理解，"柏林巴别塔"(Babel Berlin)，"高尔基公园"(Gorki Park)——它们的室内装潢无不具有入时的残山剩水风格；大麻的幽香如故，刚刚从一间非常非常非常凉的冷藏室跨出来的侍者们陆续送上温热的啤

---

　　① 塔西佗(Publius Cornelius Tacitus，约 A. D. 55—120 年)，古罗马最伟大的历史学家，在罗马史学上的地位犹如修昔底德在希腊史学上的地位，代表罗马史学发展的最高成就。著有《演说家对话录》、《日尔曼尼亚志》、《历史》、《编年史》等。

酒。在寒冷的月份，它们的大门和湿窗上的题词将词汇业已遗落的神奇魔力归还给酒吧；室外转暗后，它们仍在闪烁咒语的暗沉微光。在它们的澄明中，一些脸孔渐次显露出来：水晶球占卜者、圣人们、预言家们、半神的替代者们……一些伪神，另一些，不太像伪神。乔装打扮的佛陀们端坐在快要散架的椅子上，穿黑衣袍的耶稣双掌被钉在吧台后的墙上，圣母玛利亚梳着朋克的发式，而奎师那们则穿戴得像中欧地区的知识分子。紧随着背景环境中焕发的不真实的容光和大量复杂的交谈——有关不稳定的恋爱关系的稳定性，有关返还塑料外包装的新法规，有关上世纪 80 年代普伦茨劳贝格那些泰半已被人抛在了脑后的富有诗意的生活图景——之后，是我在回家路上的一番遭遇。如同教皇格列高利七世希尔德布兰德某匹迷途的老马，疲惫的步子把我带向几个不同的陌生去处。幸运的是，在街上总能邂逅某位塔西佗，他能指引我可疑的小步跑朝向我已失之交臂的地铁站。电梯如同一架时间机器将我们吸入，而盖乌斯·科尔涅利多①一直在向我倾诉：关于

---

① 此处为 Gaius Cornelius，这是塔西佗的名字的另一个称法；他的姓名的第一个部分，也即名，迄无定论。

老一代德国人;关于居住在莱茵河和多瑙河之间的人们不适应体力劳动;关于那些挑战他们的敌人只为战斗而不为开荒种地的部族;关于两千年前那些喜欢一觉睡进又一整天的逍遥的闲人懒汉,他们要么赤身裸体,要么披着别了一根荆条的皮毛大衣四处晃悠;关于那些没有秋天,只拥有三个季节的人们,还关于忠诚的献身者,一夫一妻制和某位女性的婚姻状况。站台的卤素灯灯光昏暗的搏动中,塔西佗消失了。在公园一世纪最后几年的罗马,塔西佗曾饱览凯撒关于日尔曼尼亚的记述①,聆听从寒冷北方归来的军团和商队那令他无法忍受的叙述。作为一名思想自由人士,他渐渐厌倦了一边在古罗马的地下驿站溜达,一边寻找与他笔下的某个人物会面的时机。我也感到厌倦,忽然间我明白了,通过他那些关于地下世界的宝贵经验,古罗马向他口授了它突如其来的、优雅的消失。一群身穿黑仔裤黑皮

---

① 此处指凯撒所著《高卢战记》。它发表于前 51 年;共分 8 卷,凯撒执笔前 7 卷。记述中含有凯撒在高卢的外交活动,对日耳曼人的战争,对厄尔维几人的海战,和对日耳曼人的报复。它对高卢和日耳曼地区从氏族公社逐渐解体,到萌芽状态国家出现这一段时间里的政治、社会、风俗和宗教等记述,成为人们研究原始社会形态和民族学的重要依据。

夹克的日尔曼尼亚部落异见分子的后代发现了我,他们中的一位喊了句什么,如同悬挂在圣诞树上的铃铛,他身上的链子哗响着;当他和其他两个转身冲我走来,时间已经是地上世界的半夜了。就塔西佗而言,共有十个要点可以为德国人和街民的家族传承代言。第一点:据塔西佗记述,尤其在冬季,日耳曼人喜欢住在刨挖出的洞穴里,既保温,又不易为敌人注意。我环顾四周,注意到我们周围别无他人,除了我和那些现身于他们的栖居地,正在向我靠近的朋友。第二点:在成长过程中,男人们会一直蓄留胡须和头发,只有在杀死了他们的第一个敌人以后,才会将它们剪短(Ut primum adoleverint, crinem barbamque submittere nec nisi hoste caeso exuere votivum obligatumque virtutu oris habitum)。第三点:向我靠近的时候,这位街民再次爆发出喊声,他尖利的嗓音在僻静的地铁站里回荡,消失进地铁隧道的黑暗之后,又弹了回来,与鼠类刺耳的吱吱声并无差别。在塔西佗的描绘中,日耳曼人的战歌充斥了不和谐音。他们主要的用意是为了获得一种粗糙震耳的高音。每当嘶喊的时刻,日耳曼战士们会将手持的盾牌挡在嘴的前方,从而获得一种巨大得多的回响。而这个晚上,盾牌,被我的脸替换掉了，从叫喊者嘴部阴影处滴下的唾液将两根手指头抛到了我的眼前。第四点：塔西佗说，他们很少洗澡。第五点：在那张迫使自己的嗓音如同鬼魂轰隆驰入我内部的嘴的上方，两只硕大的银耳环被穿钉在鼻子上。塔西佗还说，他们中只有最勇敢的那位，会佩戴一只钢戒指，否则那无非耻辱的标志。他们佩戴它如同携带一份契约，为了通过屠戮第一批敌人从那契约中摆脱。第六点：啤酒，日耳曼人的例行饮料，会从他们嘴中猛烈地蒸发。第七点：据塔西佗说，没有其他民族如同日耳曼人那样挥霍无度地沉缅于娱乐和款待接纳（Convictibus et hospitiis non alia gens effusius indulget, quemcumque mortalium arcere tecto nefas habetur）。第八点：银子比金子更受重视。塔西佗指出，这并非出于对银的特殊热爱，而是由于它实用，因为银币的价值更适合他们的日常购买。记起这一点，我从口袋中掏出一枚二欧元硬币，向叫喊者递过去。第九点（我个人最中意的一点）：日耳曼人不用白天，而只用夜晚来估量时间；用黑暗，而非光明。尽管如此，只有当站台开始轻微晃动的时候，我的心才止住狂跳。从这位街民身后，从这隐身地下的居民身后，从蒙羞的日耳曼国王身后，从在这现代都市中央迷失了的灵魂背后，从那与我一道共同投下了有四重折叠的扇形阴影的人形背后，从关于这个人，关于这既是所有人又是无人的幻觉背后，从这一手抓着啤酒瓶另一手攥着枚硬币，眼眶肿胀并仍在摇摇晃晃的身体——他离我那么近，以至我们快要如同接吻的爱斯基摩人鼻子蹭上鼻子——背后，地铁列车的幽光闪现在了隧道深处。第十点：塔西佗质问，谁——且不考虑那骇人的无名海域的巨大危险——会自愿离开亚洲或非洲或意大利踏足日尔曼尼亚——一个只有恶劣天气的毫无魅力的国度，给不了那些兀兀穷年埋头耕耘土地却如同只是在行注目礼的人们丝毫慰藉？除了，塔西佗补充说，除了那个自己的祖国不是日尔曼尼亚的人。

第三章 关于神庙

　　犹如我们间或莫可名状的梦中对一座冰川的灰色记忆，吕岑湖背倚着海岸开始滑移，最终静止于一道光圈，光线被导引向圣卡尼兹耶教堂的混凝土立方体。这是在某个惊慌时刻被遗弃的一枚圣钉的印痕？抑或混凝土内部一道半圆形切口？而木质门常常闭合，耶稣会士们沉浸于他们自己肃穆的睡眠，梦着又一次即将到来的日常祈祷式。环绕俾斯麦大街的车流中，萦回一缕南方的芬芳。斯坦因广场属于地中海的最后一处码头，卡梅尔大道幻梦般的阴影从那里涌向德意志对乡村的全部渴望——那里，柠檬树在温室外青枝森森：萨维尼广场。沿二号屋的防火墙，攀援着本雅明孩童时代的家园的影子。稍远一点，十号屋，最小的

17

房间有一扇展窗,意在澄明它的文学逸韵和某种西柏林从前的趣味。书籍们审视着某位行人,他身上如宗教狂徒般静溢的确定性,而他一定在思忖关于圣杯的故事,阖上眼,默默希望能够渡越,可以恭候,再恭候。但多半他不会如愿。书店橱窗后方空间深处的红色微光将捕获他的目力,那是被照亮的卡梅尔药房的招牌在反光。对于会因为一扇书店橱窗而情迷意乱的书迷而言,它似乎是从后部被照亮,却同时又在前门的景深神秘地散发光晕。猩红的漫射光仿佛在诉求着原始宗教的交感,或一种对急救护理的迫切需要;当书商手托安卧一本书籍的银盘显身于空间的深处,那几乎是一位慈悲的母亲,将跨出一场血淋漓的十字架上的磨难。前门的叮当声掠过后,进入者旋即被接生,被交付给那些一度堕落人间,已被偷运回天堂的文学魔灵的荣枯。他谦卑地攀爬,如同朝圣者,仅需两步,便已置身最高的寥廓。空气里饱孕桃金娘的暗香,书籍装订用胶和灰尘的嗅味。在他重获意念之前,印摹于细小字母之内的,某本古典著作隐藏的天使的翅影,已然轻抚了他。踏门而入者,无一不得不将他们的阅读,他们的文学势利,是的,甚至信誉专属的震慑,统统滞留在门外。这里是两类空间,两所祷文的房屋，从地狱到天堂，除却书、书、书，别无它物。令人生畏地——一位女祭司充满优雅距离感的凝视提醒每一位到来者，他们可能将在每一刹那启程前往冥世，他们正呼吸纯粹的无知。仅仅一瞥，新的到来者便被轻盈而精巧地震荡而出，脱离了世界的白日梦地基。这座神庙是种种可疑预言的栖身所。第一行句子贯通向第二行句子，随即添入第三行，如此无休无止。那试图翻寻终结之书的人们，只是在喂养他们胸前的祭祀羔羊，令它们更肥硕。在这样的处所搜集着纸质祭品的你，莫若可预知的机遇所结的果子。只有在这里，就最高的神明而论，你才更可能偶遇立陶宛裔诺贝尔奖候选人梦魇般的瞳孔；你才会弯腰鞠下九十度躬，在一位因一笔未支付的版权费而哀泣着宽容与宽谅的阿根廷出版商身后，在一位背井离乡，不得不在此地隐姓埋名的译者身后。即便朝向这个圣地的朝圣之旅十年前就已开始，我的嗓音仍然由于敬畏而虚弱，"日安"，"再见"和"谢谢"飘离双唇，充满俯就的罪感。有时候，这圣堂空空如也，却从来不会被离弃。书商苛刻的目光自会投入对神圣字母与脚注考究的端详，它们如散落银盘的糖块。或者，那并非一本她用刀和叉戳入的书，而只是一小块粘在一方锡箔纸上的点心;顺着斯劳特戴克①与曼氏兄弟②之间的界线,锡箔纸被撕开。无论如何,无与伦比的欢乐只存在在罕有的刹那,当守护天使凛然的凝视撇下了到访者。这时刻,我会闭上双眼,耳朵紧贴书的背面,模仿一名医生,聆听本雅明的心脏如何收缩舒张,布莱希特的心脏如何跳跃,E. T. A. 霍夫曼③的脉息,阿尔弗雷德·德布林④的心房怎样发出粗重的锉磨声,或艾尔斯·拉斯科·舒勒⑤心室的准确音高。

---

① 彼得·斯劳特戴克(Peter Sloterdijk,1947—),德国著名思想家,著有《犬儒理性批判》、《欧洲道家思想》、《生活层面学》、《资本的世界内部空间》等。他常自称是时代的诊断者,而非哲学家。

② 曼氏兄弟(Brother Mann):亨利希·曼(Heinrich Mann,1871—1950),德国小说家,20世纪上半叶德国最杰出的批评现实主义作家之一;与其兄,托马斯·曼(Thomas Mann,1875—1955),德国著名小说家,散文家,著有《魔山》、《布登勃洛克一家》等,获1929年度诺贝尔文学奖。

③ 霍夫曼(E. T. A. Hoffmann,1776—1822),19世纪德国杰出小说家。善于以离奇荒诞的情节反映现实,发展了一种别具一格的轻快的讽刺文学。他极大地影响了诸如大仲马、巴尔扎克、陀思妥耶夫斯基、狄更斯等人的创作。

④ 阿尔弗雷德·德布林(Alfred Döblin,1878—1957),德国表现主义时期左派作家,一生的著述涉猎小说、诗、戏剧到传记、政论、杂文、哲学论著,广泛而深刻;作品中有长篇小说《柏林,亚历山大广场》、《王伦三跳》,历史小说《山,海和巨人》等杰作。

⑤ 艾尔斯·拉斯科·舒勒(Else Lasker Schüller),德国表现主义作家,德国表现主义电影大师茂瑙的好友。

20

过于响亮的狂乱孤寂中,我离开,痛苦稍稍得到缓解。当我步入白日的光线,赫拉巴尔①的鸽子跃入空中。它从哪里来？我无从获知,我已在书页中被委任,它们会向我揭示柏林与它的神祇之间的秘密通信。

---

① 博胡米尔·赫拉巴尔(Bohumil Hrabal, 1914—1997),捷克著名作家。主要作品有《底层的珍珠》、《巴比代尔》、《我曾侍候过英国国王》、《过于喧嚣的孤独》等。

第四章　下一位，请

　　坐在向西行驶的城市轻轨第一节车厢,可以从蒂尔加滕站看见恢宏的六车道六月十七日大街①是如何仿佛在统领着分割这座城市,又是如何从自己的膝下隐没的。曾被称作"通往柏林的大道(Allee nach Berlin)",这条柏林市内最宽阔的道路的设计,效法了第三帝国首都于 1933 年采用的东—西轴线布局。1953 年 6 月 17 日,是德意志民主共

---

　　①　六月十七日大街:发生于 1953 年 6 月 17 日的一场德意志民主共和国的工人运动。为了纪念此事件,西德政府将一度原名"夏洛滕堡大道(Charlottenburger Chaussee)"的道路,改名为"六月十七日大街"。它位于柏林市中心,是柏林东西轴线的一部分,东端与菩提树下大街在勃兰登堡门相接。

和国境内爆发的居民反对政府的大游行被镇压的日子。大道的两侧延伸着仪表堂堂的铸铁灯柱。这是阿尔伯特·施佩尔在柏林留下的唯一遗产;希特勒欲使柏林再生为日尔曼尼亚之都,他是实施这项计划的建筑师和工程师。曾经覆盖了由施佩尔设计的希特勒政府大臣官邸的大理石,如今被用来修砌位于特雷普托公园的苏军纪念碑壮观的两翼,和蒂尔加滕公园内苏联阵亡将士纪念碑的碑柱;但很明显,两者都被沿大道的街灯忽略。鸟瞰这条道路的轴线,道路如同一个睁大双眼玩蹦皮筋游戏的小男孩腿上绷紧的橡皮筋。我刚刚跳过,落在街对面,却在下一次试跳的瞬间顿住,停在被害犹太人纪念碑群的前方。沥青路面上的双轨砖道如同历史课堂上一个提问的学生伸出的手指划出的大问号。它从河岸开始攀登,在紧挨国会大厦的台阶一侧继续攀升,随后,依循不可思议的解放的逻辑,一番在大道中央展开的辗转往复的斡旋之后,它跳上了人行道。似乎他们并没有拆掉那堵墙,而只是让它沉陷在地表。有一段时间,当我站立在西欧,我的两条腿会同时从地面向前推,仿佛要踩踏着将过往,心无旁骛和玩耍绞结成一束的起伏水浪,跳过四十多个春秋。我跳过了柏林墙在东欧留下的遗迹,如同彼得·施莱米尔①,几乎被自己的影子绊倒,之后跌落。这是在哪里? 也许已进入了白色区域——就在不久前,在西柏林地铁内张贴的城市平面图上,它标示着这座城市的东部区域。没有选择乘地铁或城市轻轨,我跳上了一辆公共汽车。一天晚上,我和我的文学同事在帝王大道附近下车后,她特意俯瞰六月十七日大街;流云和四月夜间的色彩一道,装饰了胜利纪念柱②与它顶端的金艾尔莎和布鲁诺·冈茨③。80 年代的时候,我几乎天天从这里走过,她说,可是直到 1989 年,我才注意到市政厅高高的红砖楼,它在东部的夜光里那么明亮地燃烧。20 年前,那栋耸立的

---

① 彼得·施莱米尔(Peter Schlemihl),祖籍法国的德国作家夏米索(1781—1838)同名作品中的主人公,他将自己的影子卖给了魔鬼。在犹太—德国土话中,"施莱米尔"的意思是"白痴"。

② 胜利纪念柱(Siegessäule),建于 1865—1873 年,为了纪念普鲁士统一战争中德国在 1864 年与丹麦的战争,1866 年与奥地利之战,1870—1871 年与法国之战而修建。纪念柱顶端安放有"金艾尔莎"胜利女神的雕像,女神头顶雄鹰,面朝巴黎方向挥动桂冠。

③ 布鲁诺·冈茨(Bruno Ganz),1941 年出生于苏黎世,享有世界声誉的电影演员。20 世纪 70 至 80 年代,他先后与沃纳·赫尔佐格、沃尔克·施隆多夫、维姆·文德斯这几位德国当代电影巨人合作,联手奉献出一系列"德国新电影"代表作。他最为知名的角色是他在 1987 年上演的《柏林苍穹下》中扮演的天使。

大楼同样显眼，可我看不见它，因为它不属于我的国家所在的半球。柏林墙分开的不只是我们能够看见和不能看见的，它首先分开的是我们想看的，与我们不想看的。稍后，排在银行队伍的第二位，我接近了地面的红色等待隔离线。站在它后面并不像被隔在一堵路障后面，这感觉令人愉快。我双脚踩住它，吸了口气，如同一次关键的混合跳之前一瞬那个兴奋和聚精会神的孩子。然而，听到一声高朗的"下一位，请"，我的双足又一次被缠缚，地板上的红胶带粘住了我的鞋底，我们俩谁都不想与对方分开。

第五章 卡迪威①

当然我必须在这赫然的大理石巨物里买下她，她恰恰是它的名字所意味的反面。Ka De We。这样，我会感觉有一个婴儿在费力地尝试念出它的头几个音节，却只能嘟囔几声咿咿呀呀。它的正门外直接通向库达姆大街②，二者

---

① 卡迪威(Ka De We)，本意是"西方百货公司"，曾是欧洲大陆最大的百货大楼，于1907年初建。冷战期间曾被当作西方繁荣的象征。6万多平米的营业面积分布在八个楼层(相当于柏林奥林匹亚体育场再加上四个足球场的大小)，每天接待来自世界各地多达十万人数的顾客。产品包罗万象，从时装、饰品、到家居、美食。

② 库达姆大街(Ku'damm)，也译为"选帝侯大街"，曾是连接王城官邸和古纳森林狩猎宫的一条骑马沙路。"铁血宰相"俾斯麦曾亲自推动此街的开拓扩建工程。如今它已成为柏林西城区(转下页注)

已完美地共存共生有一个世纪了。莱比锡广场的韦特海姆百货大楼在二战中被烧毁后，作为奢华的通用代名词，它成为精致世故和消费主义的形单影只的堡垒。根本不可能辨别谁是谁的寄生物，是最大的购物街寄生于最大的购物商厦，还是相反？它们各自从对方吸吮它们共同拥有的：西方世界亮晶晶的骄纵。大费周折地穿过触目惊心的大片建筑涂料绘饰出的洁白，和林立的镜子里晃动着的化妆品售货员小姐们不断补妆的扑满修容粉的脸，我穿过后门，踏入离莫斯科阿尔巴特街①并不遥远的侧街。伏特加和俄罗斯套娃从堆满了俄罗斯器皿的小店里打量我；这些饱受压抑又如梦似幻的角色，从新潮的柏林式傲慢的底部泅游到了表层。日复一日地走进西方百货公司，为核实他们是否仍在出售我的梦中宠儿的时候，每回我都能与她巧遇。似乎迎

（接上页注）一条世界闻名的购物街，高级时装和时尚品店、影剧院、饭店和咖啡店林立，共计达1100余家商铺。

① 阿尔巴特街（Arbat Street）是莫斯科现存最古老的街道之一。它起源于15世纪，约一公里，紧邻莫斯科河。虽狭小短促，俄罗斯风情却极浓厚。俄罗斯人称之为"莫斯科的精灵"。古色古香的老店，售卖传统工艺的特色店铺与时尚精致的咖啡店、服装店、礼品店杂然相陈。

来的是最可爱的那位,总会有那么些片刻,相互的诱惑几乎不肯划上休止符。她的价格,并非受延宕的驱动,而莫若被关于命运的意识左右,因为我知道,那令人瞩目的肌肤上的褶皱,也将成为我的一部分。她带着我,我背着她,她的里头盛着我的几个黑色笔记本,一只从宜家偷来的铅笔,一本从来不重样的书,和一幅我已经烂熟于心的福克版柏林地图。因此我推迟了我们彻底结合的时机。直到新的一天,刚开头便遭遇一场真正的灾祸的威胁。忽然间,她从我那再熟悉不过的,发凉的玻璃货架上失踪了。绝望不已,我四下张望,瞥见她竟如同一个妓女,悬吊在一位陌生人的脖子上。等他将她放下,我明白我该如何读解她的暗示了。我立刻上前一把抓住她。很可能我也能从任何其他地方买到一个相似的,但只有这个,对我而言意味着柏林。在楼下的精品男装部,我看见了一张我的白日梦中的真人活动照片。一对伴侣正要翩翩离开他们身后布满了梯子、铲斗和成堆石膏板的翻修施工现场,如同两只孔雀,全然不被商务幻觉的第四堵墙的缺失惊扰。随后,我再次遇见了他们,就在威滕堡广场边缘的一家咖啡店里。衬着强健的肌肉线条,他们皮肤上的刺青看上去仿佛在与午后阳光掠食的爪螯亲密地嬉戏。他们两人眯缝起眼，蛇一般地，目光穿过窄细的、闪烁着嫉妒的微光的狭孔凝望着两个女人身体的轮廓线——她们正好坐在他们面前的桌子上，如同两只大号的啤酒杯。之前把自己的脑袋倚靠在大个子肩膀上的小个子男人，此刻正一边用右手轻轻抚摸前者的后颈，一边用左手摩挲他自己的脖子。大约二十分钟，半个钟头过去了，他指间的几枚戒指一直在与他们二人颈背上细碎的卷发游戏。只有等他口渴了，他会暂停爱抚他的情人，攫起一只酒杯，吞咽，一边饮一边继续用左手抚摸他自己。之后他们分头各自付款结账。我目送他们。这对环拥对方的男同性恋恋人的形象是如此恬谧，两只剪影，难以察觉地胶合在一起；到某个远处，塑料购物袋挽着购物者手牵手雍容雅步的远处，慢慢地隐入那人群——我忽然想把他们两个装进我那只新书包里。

DIE GRENZE VERLÄUFT
NICHT ZWISCHEN den VÖLKERN
SONDERN ZWISCHEN OBEN
UND UNTEN

第六章 瓢 虫

　　我们是在 11 月的阵风中搬进这间公寓的。风从西伯利亚吹来,卷来波兰的气息,让它洒落到柏林的街道上;这气息浓烈,夹杂着忧郁。漫步者们攥紧了衣袋中的拳头,抚弄着自己的钱包,因为一切已准备就绪,圣诞节有可能明天就到来,只要下两轮满月,和它们之间的新月仍不出现。拐角处,卡地亚专卖店橱窗边一位孤孤单单的门卫忧虑的脸色,并不妨碍寿司正以低廉的半价被出售。唯一不在视野内的,是那些土耳其烤肉铺,它们已不得不退居这城市最西端环线的最隐蔽的朝西角落。一间报刊亭,德国文化最后的堡垒,直立在集市外停车场的一角;午夜时分,一些奔驰车会泊在这里,领带松懈的男人们跨出车门,可以饱食一顿柏林啤酒肠。我们公寓的心脏有三个瓣膜,明亮和幽暗透过它们交相接替。从三扇巨大的窗可以远眺装饰了集市边沿的栗子树;它们朝向公寓一路延伸,环抱我或妻子——当我们一边呷着绿茶,一边翻阅前天的报纸,温文地,抿一抿离世界几厘米远的平静。三扇窗,如同一只三眼插座,与无关时间的始和终对峙。透过窗玻璃,嗡响的路面噪音带来略微的晕眩,一个人可以从他的三重盲目向外张望。第一重盲目是有关白日的,第二重有关夜晚,第三重盲目,为所有莫知昏晓的而存在。支承双层窗玻璃的木质窗框因风化而松裂;除了雨水,多年来没有谁清洁过它们(近期也很可能不会发生)。窗框上的油漆正在剥落。聚集在双层玻璃之间的浊物和已木乃伊化了的小昆虫的尸体,清楚无误地示意,这些窗已紧紧关闭许久了。需要沉重的咣当一声,窗身才能开始在窗基上移动,而这也透露了我们为什么在这里如此开心的原因。为了躲避冬寒,成百成百只瓢虫曾经栖身这失修的窗户的裂隙。从那里,它们以突击队的阵仗卷袭公寓房间。目睹一只瓢虫在果酱瓶的边沿伸展开它纤弱的下翅并闪烁出三块谕示运气的小斑点,初始的欣喜很快沦为一场远富悲剧感,希腊式的,血淋淋的屠杀。如同骁勇的阿贾克斯①,每天深夜,我必须将瓢虫们从牙刷上拔拉出来;每天早晨,我需用力抖开衬衫,因为一夜之间,那里面攒集了太多好运;而午餐时,如同垂钓,我必须将选择自杀攻击式进袭的瓢虫们从汤碗中打捞出去——这汤碗是这张圆桌中央它们的埃特纳火山口。当我闭上眼,将蛇管凑近耳朵,听见那些被吸入暴风眼的微小躯体们轻微的炸裂声时,我无法再恪守执中之道了。搁下真空吸尘器,我开始用我几个朋友的句子安慰自己——一杯或三杯酒落肚后,他们喜欢向我重复一条公理:住在这座城市的每个人,迟早都会发现他是谋杀他自己的幸福的元凶。它们是道地的柏林瓢虫;它们只是非法地占据了这些窗户,就像我那些被从他们寄居的公寓驱赶出去的朋友们。厨房的那三扇窗变得荒落了,心也是如此。在阅读一份旧报纸和呷一口凉透的茶的间

----

① 阿贾克斯(Ajax),也译为大埃阿斯,希腊神话人物;特洛伊战争中希腊联合远征军主将之一,作战勇猛。这个名字由赫拉克勒斯(Herakles)所起,希望他像宙斯送来的一只雄鹰一样矫健。阿贾克斯抢到阿喀琉斯的尸体后,却被奥德修斯依靠口才抢走功劳。奥德修斯的保护神雅典娜令怒火中烧的阿贾克斯发狂,将羊群当作希腊军左砍右杀。清醒后,他向妻子交待后事后拔剑自刎。

隙,带着沉默的愧疚,更多一点的克制,心脏继续吸收着一点点光,一点点晦暗,一点点运气,和一丁点那与幸福和不幸毫无瓜葛的。

第七章　柏林—卢布尔雅那①—东京

　　在我的葡萄牙同行写下的句子里，柏林已蜕变成一片东京的郊区。与日本人一样，柏林人也生活在一种持续的未来当中。哪怕打算与一位柏林好友会面，也必须提前一周做出安排；某个特定日子里的私密感受，是由日历确定的，而不是，比如像我，由逐日的心血来潮推动。一名柏林人通常在三个星期以前就已经知道他在某一天将会有个好心情，还是相反。对一位初来乍到者而言，他能感受到的与情面有关的最为强烈的表达，是对方因为他而临时更改了

---

　　①　卢布尔雅那(Ljubljana)，斯洛文尼亚首都和政治、文化中心。它有一个别名是"龙城"，城中有一座龙桥，是一座建造于 1901 年的石桥，四个桥头装饰有青铜翼龙。

自己的计划——临时，是指在他们的约会日期72个小时以前。对尊重和友情最为深刻的表达，发生在一名柏林人将他自己从已经计划好的，可以预见的未来中挪出来，转移到现时现刻一个即兴念头的不确定性当中的时候。手机并非柏林的发明，但毫无疑问，问世时，它的发明者一定考虑到了柏林人。告知某人自己在哪里，出于什么原因会迟到几分钟，修改业已精确制定的日程表，是这座城市——据说是所有德国城市中最悠闲的一座——中人的中心任务。但是柏林人还以他们居住的公寓所秉持的某种类似禅的美学与日本人发生了特殊的关联。宽敞的柏林公寓对于一名身高1.80米，习惯了居住在盒状公寓楼的斯洛文尼亚人来说是一种真正的安抚——迫于对俭约的崇尚和逼仄思维的力量，在"盒子"里，从天花板到我的发旋，仅余一小块稀薄的空间。但是安抚不会持续多长时间，由空引起的束缚感随之降临。太多，实在是太多的空。柏林人是栖身于空的大师。只要被允许，他们可以在午夜时分将沙漠，一片灰色的干草原，公海上晨霭的天际线，囚禁在他们的公寓里。当然，这并非由于他们对室内设计的淡漠，恰恰相反。抛开那些总是乐得沉浸在对伊斯坦布尔的渴念中的阿尔卑斯风机灵小摆设小玩意——对于业已习惯了它们的新来者来说，柏林公寓的巨大墙面的空，首先让他感觉到的是冰冷和拒人千里。但是，只要在这样一处空间多作停留，他会发现，空，并不是压制想象力的暴君；相反，它令想象力呼吸自由。天花板上的棕色斑迹会忽然化作一座变容的神谕所迎来送往；今天它的脸是风，明天它的脸是只水母，后天，一位蓝色的天使在天顶微笑；而那些倾注在老旧橡木台阶上的光影，比最美的波斯地毯还要美；墙上的裂纹，是隐身的德意志神祇直接从瓦尔哈拉神殿①发送的暗号；要不，也可能是一次罚点球劲射之前，弗朗兹·贝肯鲍尔②的颈静脉在搏动。每一个房间拥有不同的空，每一种空在教会它的入住者关

① 瓦尔哈拉神殿（Valhalla），一座纪念历史上著名人物的名人堂，有新古典主义建筑风格，位于德国巴伐利亚州多瑙河畔。该神殿于 1830 年开工建造，于 1842 年竣工，它由巴伐利亚路德维希一世授命建造。它拥有近 200 个纪念牌匾和半身像，内中人物跨越了 2000 年历史。

② 弗朗兹·贝肯鲍尔（Franz Beckenbauer），1945 年生于慕尼黑，著名足球运动员，教练员；球员时代司职自由人，亦可胜任中后卫，中场，边锋；被世人尊称为"足球皇帝"（the Emperor）。几次荣膺"欧洲金球奖"。2004 年 FIFA 国际足联百年庆典，他与球王贝利共同获得 FIFA 世纪最佳球员和足球名人大奖。

注另一些类型的细节,存在和诠释。也许,将所有细节安置得当,拥趸无常的观念,侘寂,忧郁和无意识状态的空白,是传统日本式公寓显见的特征;而在我曾耽留的几乎每一处柏林式公寓,触目可见的,首先至少是一堆书,搁在床边,放在洗衣机上,落在洗手间抽水马桶旁的地板上,码在厨房操作台上,或者摆放在大厅里的鞋子下面。这些书垛抵御了我试图就公寓与日本所作的比较,这种比较成了一个谎言。这些书。无论何时你漫步柏林,无处不在的迹象无不在启发你,白啤酒肠永远不会是寿司,黑麦啤酒也绝对成不了煎茶。这些书在提醒,如果一名柏林人如同日本人生活在绵延的未来中,那并非因为他向往寂灭;他想做的是,在一间柏林公寓里,将一种有关记忆的微薄的,极其优雅的痕迹,铭刻在未来之间。这种几乎不可察觉的痕迹的母亲,是一种要成为那聚拢在自己边缘的灰尘,成为那发灰的、一幅被摘下的画的边框在墙上的留痕,或那一小块粘在浴室瓷砖上的胶带的愿望。一些纤细的印迹,索求着适度的减速,和对敬慎的敏感。这是一种一个人大步穿越一堵厚墙的速度,在风的幽暗面旅行的速度,如水在石块间和管道里流动的速度。每次吃早餐,我的视线总是会被书架上的一副眼镜和它后方一块有阴影的四边形吸引。在我之前坐在同一张桌前吃早餐的那个人,他装饰在那里的,是怎样一幅图画,一张照片,或一页剪报?秋天的晚上,当电话再次响起,一个陌生的声音在寻问岛袋道浩,铃木优,或岛袋铃木先生,相扑力士和日本漫画英雄的剪影便会在我的厨房中这幅灰淡的,马列维奇的仿作中叠印。几个月后,就在我动身离开这座城市之前,岛袋道浩先生和我不期而遇,仿佛他的名字是日本和柏林之间关联的隐喻。在新国家画廊的地下室里,我看到一件视频作品,它与一个很可能曾从我的公寓卧室的床头上方那块黄色印渍中,辨认出了其他形象的人有关。岛袋道浩乘火车离开日本本州海滨城市明石市,旅行一百多公里到东京,为了带一条那天早上被一位当地渔夫捕获的章鱼去散步。在旅途中,道浩和章鱼见到了远处神圣富士山的轮廓。他们到达东京后,岛袋道浩推着一辆装有保温箱的手推车继续行程;他将八条长腿充满活力地纠缠在一起的章鱼安全地保存在一只水袋中。时不时地,他会将水袋从冷却盒中取出,让它看看东京的不同景色,市内的夜生活,介绍她认识过路的人们,出租车司机,东京市场的一位鱼贩;之后,他搭车直接回到海岸,车尾的行李箱里蜷伏着章鱼;在海边,她跳到了陆地上,他也就让她重回了自由。这部影像作品最美丽的场景,发生在岛袋道浩介绍他的章鱼与东京市场里的另一条章鱼相识的时候;来自明石的这条章鱼到那里只是因为一次旅行,而东京的那一条的生命却在倒计时,那天晚些时候,她的生命将在东京的一只餐盘上终结。我立即就明白了,悬挂在厨房里放着眼镜的书架上方的四方形空白之上的,应该是一幅描绘了谁的足腕的图画——当拯救者将它们释放进海水的时候,它们粘附在他的双手上,停留了好一会儿不松开。我一直在白日梦中梦到他们俩,比如现在,离开柏林几个月后,当电话响起,当不同的陌生声音在寻找施蒂格先生,斯提格尔先生,或史戴戈的片刻,一个彻底的陌生人有可能正在白日梦中追忆毫无二致的缅想。谁知道岛袋道浩的章鱼游到哪里去了呢?如果我在一个完全空的空间躺下足够长的时间,有可能,她会穿过墙游向我。与岛袋道浩一道,我们可以为白日梦者立下一则协定,它有关柏林—卢布尔雅那—东京轴心,有关空墙上绞缠的恋人们和朴直无华的,几近不可见的关联的巨大可能性。

第八章　跳蚤市场

在一群好奇的年轻姑娘围绕下,他不是那么十分从容不迫地表演着单手倒立;她们似乎也漫步在她们中老年妇女的身体里,从往后数年面朝此刻觑着。讲解员手持一只沙哑的扩音器,为他喝彩;花园派对里的音乐家们,也随着快活地伴奏了几秒。他们身上的服饰操着 70 年代早期德意志民主共和国首都的口音。如果那位在折叠桌上展示发黄的家庭照片簿的老年无产者对某位过客青眼有加,这位行人离开的时候,少不了收获一份这照片簿奉送的绝不菲薄的礼物。在柏林,这周日的弥撒在礼拜六照常进行。这些如同七零八落的多米诺骨牌一般随机分布的临时摊点,将市集变成了一座迷宫,好琢磨的光顾者们排成行,慢节奏地依不同曲线挪动。这些香客们从来都嗜此不疲。一阵闲聊，似乎并不能满足要交换那被封锁在一件器物中的记忆的欲望。尽管，与斯洛文尼亚人相比，柏林人能更洒脱地放手一件器物，但一旦牵涉到故事，就是另一回事了。卖家在没完没了地为那些被捆缚的故事松绑，仿佛在施放魔咒，以便将故事更深地与眼前他正在道别的器物缠结，这样，他好在某一天再将它钓回来。正是那些在唇舌间吐露的，将默不作声的经销商与古玩收集者们与其他人区分开来；后者出售他们的废品不是为了牟利，而是为了废话。好多个小时，他们如同大卵石静坐，所以人群的河流会绕过他们，将笑声，假话，和俗气的小笑话泼溅到他们身上。50 年代出厂的盛糖的盒子，老式台灯，某位母亲被撕开了几道口子的裙子，塑料餐具，还有生锈的柠檬榨汁器，这些是给冥思遐想加速的小型电动机；它们是开启那些已被忘却的事物的钥匙，撬动琐屑欲望和白日梦的平衡的杠杆。如同伏都教的崇拜物，一只船用报时铜钟，一本战前出版的贝德克尔柏林旅游指南，一套产自中欧的茶具，能对从它们面前路过的人们施催眠术。这些器物冲洗着那些抗拒着购买欲的人们记忆中的照片底片。然而即便在这种时刻，我还是没有出手买下我欲望的那件物品。可是,一个有原则的人的刚愎自用的自我约束,同时也就是他的诅咒。它跟着我一道转悠已经有大半天了,从柏林墙公园拥挤不堪的跳蚤市场,到阿尔肯广场的跳蚤市场,又从那儿跟到了 Nosh 酒吧,那是我和我的几个朋友通常碰面,一块儿吃顿早午餐的地方。它简直无处不在。当四点钟集市关张,教士们开始清理他们闪闪发光的圣体匣,他们的塑料圣餐杯,和镶满装饰钉的皮革僧袍,我再次潜回了人流。那个货摊还在,摊主立在原地,正与一名买家推心置腹;而围绕它,我已经编结了厚重一绾我自己的稠密渴望。我瞄了瞄那件我欲念的器物曾经落座的位置,发觉它不见了。我慢腾腾地磨蹭着时间,东张西望,如同一名被抛弃的新娘,一块正在融化的黄油,一只因为皲裂而声嘶力竭的钟。终于,我窥探到它从一叠老唱片下方伸出的一双精致的腿。我的热情对于我自己来说太不加掩饰了,因此我不可能假装讨价还价。心脏扑扑直跳,我解放了它,把它举起来,吃力地一路铿锵着(因为它的中空),挤进了水泄不通的地铁。我是唯一一个不需要座位的乘客。远在一战前,人们就已经倚坐在这张座椅上了。它已经承受了无数轮的肉体不适和恍若释怀。而现在,它是一个与舒适有关的王座,面对站立的乘客们的轻蔑刀枪不入。刚开始,它只是拾掇了几抹微笑,可是,随着时间流过,人们开始朝着我的座椅眉开眼笑;它,并不是一个,我的座椅是两把。二合一。它为两种类型的释放而设计。我满足地,坦然地坐在它上面,聆听着金属马桶发出的清脆丁零声;随着 U2 地铁咣当咣当地晃动,它的木质翻盖在我的屁股下颤抖。

第九章　小红帽①

　　柏林街道上的行人们身披的厚重大衣,再没有比在圣诞节的夜晚能更远距离地将他们与寒冷隔离的了。随处可见一抹午后的窗影,是人影,还是幻影? 在商铺不同位置,从静音的终端机后方,从那些如同 2 月的雪人正在分秒融化的、茕茕孑立的自动售货机,可以判断,德国式的对于供补不足的一贯警觉正在经历它的多重高潮之一。公园里没有狗影,只有雾状的毛毛雨扑卷着一个人的身形,但也很模糊;终于,一位脚蹬白色运动鞋,头顶晃动着绒球红帽的圣

----

　　① 小红帽:文中也指一种产自东德的带气泡干红葡萄酒;产品名出自德国童话作家格林的童话《小红帽》。小红帽气泡酒售价不高,有香草、肉桂等甜香的料香。

诞老人有节律的步伐,带来慢跑者气喘吁吁的讯息。这是给谁的讯息? 他有什么要说的? 高高低低的窗户后,灯光沉着地渐次亮起,如同蜜蜂在填满蜂巢。夜幕垂落后,一种与节庆有关的柔和的眩晕淹没我,但一瞬也就足够了。浑身发冷,我将眼前街道名识牌上的"维特尔斯巴赫大街"(Wittelsbachstrasse)①,认成了"圣诞节大街"(Weihnacht-sstrasse)。等一周过去醒来后,过往的七天仿佛只在一场已坠入乌有乡的睡眠中存在过。正午刚过,人类纪元年就已经如火箭升空,射向云朵们轻蔑的微笑。时间:尽管它持续不断地向终点移动,因此它也就只存在于另一端,未来的那一端,它还是以同样的方式,永远地存在在了我的前方,并将缓慢地耗尽。恰恰一整年。又是一整年。又一年,再一年,无边际地继续。所以,当一只小红帽酒瓶塞猛地被掀翻,这并不值得大惊小怪,因为在这之前,萨维尼广场上所

---

① 维特尔斯巴赫大街(Wittelsbachstrasse):Wittelsbach 家族是德意志几个古老贵族世系之一,巴伐利亚王室。该家族的名字于 1115 年第一次见于史册。1180 年,神圣罗马帝国皇帝腓烈特一世剥夺了他的敌人狮子亨利的领地巴伐利亚公国,改封给 Wittelsbach 家族的奥托一世后,该家族从此统治巴伐利亚长达近八百年,直至 1918 年路易三世被废黜。该家族在北欧和东欧也曾建立其王朝统治。

有其他酒瓶塞已经被洪亮的倒计时齐喝爆开。小红帽香槟也就因此像极了一只从东德来的大坏狼。无异于罕见的例外，在这个因共同的过去和未来而产生分歧的国度，在这样一座城市，有某种更实在可靠的事物正从乌拉尔山涌来。除夕，柏林上空焰火的噼里啪啦的爆裂声，正是从那个方向传来。当城市东部的绝大多数纵火狂们已经在午夜之前，分别在普伦茨劳贝格、米特区、弗里德里希斯海因区和潘科区耗尽了他们的弹药，城市西部心思诡秘的尼禄们仍在冷静地等待；这样，只有当午夜被一分为二，他们才开始他们朝向神情茫然的天空的轰击。一位女士举起她手中的香槟酒杯，提议为我们的相聚，为时钟上垂直的分针干杯；她并不能掩饰她无法忘记她那地处巴尔干半岛的家乡十年前曾遭受的轰炸。她摊开一只手掌，仿佛用这种方式可以击退那些到目前为止无害的自动推进式武器，她的身体在烟幕和空酒瓶之间避让。孩子们诧异地瞧瞧她，忙着将他们的火箭发射到空中。如同只在一瞬间绽开的诗，在对未来的怅望和对过去的窥探中，火箭们的火焰在夜空剜出尖窄的豁口。在摩姆森大街和莱布尼茨大街的道路交叉口，我感觉自己腿上遭遇闷钝的一击。夜，用已熄火的导弹们耗竭的弹药发射器驱赶我。几个小时以前，一阵冰冷的，从俄罗斯吹来的东北风刚刚调头。几天前用伪造的防弹装甲覆盖住这城市的雪，已化身为一位经历了一整夜失望和哄骗的女人脸上灰黯的脏泪。新年用每一种可能的富丽景致欢迎我们的眼眸。穿过一家家饭店，你可以看到人们在大汗淋漓地恣肆起舞；在路德维希教堂广场，你可以瞥见一名男士扶住一位头俯向垃圾呕吐的女人的双肩，以防她摔个趔趄；当然你也能撞见一只被遗落在闪着红色幽光的雪地里的手机，它正徒劳地嗡鸣。回公寓的路上，我们中规中矩地将一只戴着小红帽的酒瓶扔进了垃圾箱。随着一只玻璃酒瓶爆开和夜的穿隆炸裂，一段新的时限，连亘在到来的途中。广场上一辆正在做圆周运动的车，绕着它自己的轴跳着舞兜了几个圈之后，最终卡在了一堆白雪中。醉眼悠悠的司机跌出车门，为了瞧一瞧车身是否受损；但他只是挥舞了一下拳头，又钻回了车里。如同安然无恙地藏进了一只狼的肚子里，他横陈在驾驶座上，一只拇指塞进嘴里，酣然入梦。

第十章　面包与玫瑰①

　　即便不是因为 1 月的风而如同涡流在往迹中飞旋，涌出我们脑海的记忆的苍云，还是萦绕了整个下午；它仍是此时此刻生动的造物。也许，它只是这间饭店里漂浮在"面包"和

---

　　① "面包与玫瑰"（Brot und Rosen），是文中场景发生的地方，柏林一家饭店的名字。作者曾在这里忆起诗人荷尔德林的诗作，《面包与葡萄酒》（Brot und Wein）约创作于 1799—1808 年间；这首诗原题为《酒神》（Der Weingott）。

　　文中的"对话者"指德国诗人、散文家、翻译家杜尔斯·格林拜恩（Durs Grünbein），1962 年生于德累斯顿。他创作的一本书名为《瓷器：我的故乡的衰亡之诗》，书题中的"瓷器"一词，发音上与法文"为了策兰"（pour Celan）接近。格林拜恩是德国优选文学毕希纳奖得主，荷尔德林奖得主；他以诗艺和科学、玄学的结合写作诗歌，被誉为"当代歌德"，另著有《伽利略测量但丁的地域》等诗文作品。

"玫瑰"这两个词之间的雪茄的氤氲？这种漂浮的气息，后来是不是被置入一个抽屉，上面刻着"铭记"，还是刻着"归档保存"？除非词语只能在那业已丧失的一切当中寻获，为什么要浪费这么多词语在烟草的干燥度上？只有一次，词语们成功地隐身，但我的对话者特里同①再次将它们搅到了表面，他手中的叉子戳透盘中的一块生牛肉薄片。他放下刀叉，暗淡的夜光中他的目光穿透斜立在我身后的窗玻璃，仿佛一名决斗者一样向我挑战。此刻他正在谈论我们置身于其中的弗里德里希斯海因区，谈论 1945 年 4 月在这里爆发的最后一轮巷战。尚未因惊骇而彻底昏厥的纳粹党卫军分遣队指挥官们下令残余部队撤退，士兵们大多数年纪不超过 16 岁。撤退，向西部退得越远越好。落在美国人手里，也要比落在俄国人手中幸运。只有年幼的孩子幸免于俄国人的复仇，他说，因为俄国人一向异乎寻常地同时既暴戾又滥情。20 世

---

① 特里同(Triton)，古希腊神话中的海之信使，海王波塞冬与海后安菲特里忒的儿子，一般被表现为一个人鱼的形象。他与其父一样带着三叉戟，而他特有的附属物是一个海螺壳，用来当作号角扬起海浪；当他用力吹响，连具有神力的巨人也为之动容。它也是海王星最大的卫星的名字。

纪，这两样东西实在是太绰绰有余了，暴戾和滥情。20世纪。当我转身打量窗后的夜色，千百个夏天和冬天正从天空坠落，苍白而缓慢，如同瓷器。在德累斯顿①，陶瓷曾如他的祖母身体内的身体一样破碎；苏军侵入后，她被轮奸。作为一个德国人，行刑者们的儿子，他是否被允许书写受害者的侵害？诗是一种记叙，还是证词？如果是证词，它是不是只是胜利者的证词？它是一种有节奏地令人坠入迷狂的记忆？它是伦理和意识形态押着韵的弹竭？或者它是一个平行世界，被解放的想象力在表演杂技一般地宣泄？一首诗是否被允许为那些如同一段传说一般消逝了的作证？我们所体验的无非只是其他人所记忆的？它不存在于视网膜的映像和眼球的颤动，而只在胡话杂音的回声中，在绝望的耳语中，在借来的词语的来来去去之中？并且，一首诗，因为那刺在它

① 德累斯顿(Dresden)，德国萨克森州首府，德国东部仅次于柏林的第二大城市。位于它北面的迈森(Meißen)，自18世纪初发展为德国唯一的瓷器之都。
发生于1945年2月13日至14日的盟军对德累斯顿进行的地毯式轰炸，造成它的内城(15平方千米)被彻底摧毁，伤亡人数三百万。2005年，在德累斯顿发生了有五至八万名新纳粹支持者参加的德国战后最大规模声讨"盟军轰炸大屠杀"(Alliierter Bombenholocaust)的示威。

胳膊上的"如果是",是不是一首诗并不只始于愉悦？如果你能成为另一个人，只给你一个小时，你会选择谁？唐纳德·拉姆斯菲尔德①？希特勒？只有一个小时，你只有一个小时。你知道吗，那个火化希特勒的人名字叫浮士德？他是犹太人，当然。奥登是怎么说里尔克的？说他是萨福②之后最伟大的女同性恋诗人。布莱希特谈起里尔克说过什么呢？说无论何时他谈到上帝，他会流露出娘娘腔。室外正在落雪。室外正在落雪。诗像一只茧，坐在我对面的对话者说，他又点了一根雪茄。现在这只茧已经再次闭合了。三千年了，一直是这个样子。有时是位女王，有时是个孤儿，它是在这些不同阶段之间来回替换的运动，我们现在又一次处在等待的阶段。一百年前，在瑞士，尼采也给四名学生做过一次

① 唐纳德·拉姆斯菲尔德（Donald Rumsfeld），德裔美国人，1932年出生于芝加哥，曾任美国前国防部长（1975—1977年，2001—2006年）。曾是美国对伊拉克战争政策的主要制定者之一，迫于多种压力，于2006年辞去国防部长职务。

② 萨福（Sappho），古希腊著名抒情女诗人，一生写过不少情诗、婚歌、颂神诗、铭辞等。一般认为她出生于莱斯波斯岛（Lesbos）一个贵族家庭；现代英语Lesbian（女同性恋）一词即来源于Lesbos。萨福的不少诗篇是对女学生学成离别或嫁为人妇时表达相思之情的赠诗。中世纪时，她的咏同性之爱的诗篇被教会视为异端，遭到焚毁。

讲座，其中两名是无家可归的流浪汉；他们因为那个冬天严寒的煎熬，逃到他做讲座的教室。这就是为什么，如果一本诗集不如一本小说那样让人感兴趣，这并不令人心痛。还有，诗，目前并不具备能够削弱体制基础的条件。它从金钱上获得的回报与它自身不相称，这让人头疼，他补充道。或者这只是我自己的补充？我的记忆在慢慢地弃我而去。我记得我又一次要了威士忌和红酒，说，还有，诗有时像一只蛹有时候又像一只蝴蝶；有时像小蜜蜂玛雅①，还有些时候像一个爱空想的家伙掌上玩的电脑游戏，或者，它是一个乱葬冈。我不知道奥德修斯、圣保罗和叔本华，最后一位稍稍不太那么神圣，是怎样设法挤进我们的谈话的。午夜，我们被宗教分开；我已从她内部向外迁移，他则已完成了一次朝圣。与此同时，屋外在落雪。当我们互相道再见时，雪已覆盖了所有的明沟和暗壑②。霰弹和手榴弹留下的痕迹不再能被

① 小蜜蜂玛雅(Maya the Bee)，德国作家邦泽尔斯于1912年发表的作品。故事中将花草和昆虫的世界描绘得生动传神，受到全世界儿童的喜爱，并被拍摄成3D动画电影。

② 借自格林拜恩的一本书名(Falten und Fallen)，有中文版将此书书名译作《褶皱与陷阱》。

辨认。四面八方，唯有夜无声无息坠入白色的柔软。我在一家酒馆前停住，要了最后一杯酒。之后我拖着沉甸甸的步子吃力地在雪中深一脚浅一脚朝亚历山大广场走去。当我回身看，我身后没有哪怕一丝我自己走过的道路的痕迹。

第十一章 B——Bruno 中的 B

悄没声地，隐秘地，熊已经摇摇摆摆走进了柏林这个名字。经由波拉布-斯拉夫之路，它们穿过意味着沼泽的根词"brl"；但是一旦柏林的常住民强征了施普雷河多湿地的松软两岸，它们就径直走进了观光客们的 T 恤和钥匙吊坠；从这城市的盾徽上，它们冲世界吐出舌头；冬眠结束后，它们又双腿站立在了溜冰者的帽子上，大小桥梁的扶栏上。当人们发出"柏林"这个词的时候，他们想起的不是潮乎乎的袜子，和被上涨的河面撼动的河岸寓所，而是这些蓬乱着粗浓毛发的家伙，哪怕它们已经逃至南方。有几只留了下来。在一些酒店、银行或公共机构的大门前，你仍有可能发现一只单足倒立的熊——它可能穿戴俄罗斯民族服饰，或披一件马来西亚佛徒的罩袍,也可能打扮得像一名足球运动员,要么,最糟糕的情形下,它和一位穿皮短裤的巴伐利亚人肖似。它是塑料做的,而这并不重要。一只塑料德国熊与柏林人恰到好处地相映成趣——只要它不沾灰尘。当然,一旦有活体标本存在,事情总不可避免地变得复杂。来访者穿过大象门进入柏林动物园之后,玫瑰——它们艳红的芳香正飘向地平线上洲际酒店的顶层,和在地球的脸颊下嘎嘎作响的横穿动物园站的地铁——将指引他们来到一座具有浪漫色彩的塑像前:三只白色幼熊正沉浸在酣嬉中。然而,很快,这件毛发粗长的三幼熊静物作品会变得黯然无光。我宁肯去空荡荡的大象笼边逛逛,那儿,总有游客在含怒地抱怨,因为他们没能见到他们特意付钱来看的。慢慢地,我甚至也能适应了,安心地瞧着动物园出生的犀牛,伊娜,用自己的身体顶开一扇偏门,没精打采地在惆怅中转圈。黑猩猩让我很快意识到,感觉更敏锐的生物其实被关在笼子里。旅行期间,我总能体验到平和镇定的心情,哪怕当我比一头在干草中打盹儿的红毛猩猩更蓬头垢面——它躺倒的时候就是一团被粗麻布覆盖的巨大无比的毛球。但致密的织网令我深深感觉到悲伤,它将鸟儿的飞翔裁短到仅离地表几米远。而当北极熊在湿热的气浪中感伤地挪动它沉重迟缓的步子，我的悲哀更深重。所以我对一只现在下降到一块岩石边缘的熊首肯心服。它并没有突然猛力扎入那将熊洞和一堵陡壁隔开的温热水池，以满足四周观众的顾盼；相反，它朝那些相机镜头转过它的臀部，拉了泡屎。这只熊，三头熊中的一只，在极富技巧的讽刺感中，用它的前掌摁住了另外两只。它们神经质地从一只掌替换到另一只，前前后后，来来回回改变着自己的位置，似乎仍被马戏团的兽笼羁绊，它们曾经在那里长大。有时候，在连续数月重复穿过一条街或一处庭院之后，随着一个不经意的转向，我会被一种唐突的，启示性的美惊得目瞪口呆；而漫长时间以来，这种美，一直就在我的吻突前方；我把我自己看作它们中的一员。我随身携带着封锁了我的栅门。我们每一个都是我们曾羁留的那个地方的囚徒。我们全都在寻找新的去处，为了摆脱盘绕我们的蛛网，无论那新空间有多宽敞。这也是在一头名叫布鲁诺的熊身上发生过的：2006 年 6 月26 日，一名猎人在巴伐利亚州射杀了它；出于对他有可能被私刑处死的担心，猎人的名字一直不被透露。隐身一百七十年之后，第一头踏上德意志土地的熊拥有斯洛文尼亚血统,它是约瑟夫和朱卡的儿子,而这对父母很可能是波斯尼亚祖先的后代。在它最后的旅程中,布鲁诺朝着北方跋涉。它是在逃离,还是像电影里那条著名的犬,走在返家的路上?它是不是那些被勃兰登堡的第一位伯爵,"大熊阿尔布雷希特",寻猎过的,迁徙的熊们的后代?它是不是走在返回它这物种的名字的途中——像柏林一样,它以 B 开头?斯洛文尼亚短袜依然在粘湿的地带变得潮润;德意志的森林如同边境博物馆后方的柏林熊苑一样空置着,空空如也,至少要等到名叫施努特、马克西和蒂洛的三只熊从错过了它们的午餐的甜睡中醒转。

第十二章　基诺(新生代)[①]

早晨 8：30,他把导线插进电动伸缩蛇的嘴里,将我入梦的世界和手持式吹屑机的隆隆声连接在了一起。他并不是在用真空吸尘器清扫。他从基诺饭店(Ceno)入口处的人造草皮上吹走的,是清早的风和昨天不曾光顾,今天仍未现身的迟到的主顾。这是一家餐吧,入口处上方,古罗马样式的大门两侧,两只火炬假体头顶的布料仿真火焰在熊熊燃

---

① 这一章节的标题,Keno(zoik),引自 Keno,作者在柏林居住的公寓楼下的饭店名称,也引自意味着地质时代——"新生代"的 ce-nozoic 这个词;cenozic 这个词曾在前南斯拉夫一首流行歌曲中出现。地质新生代,Cenozoic Era,距今 6500 万年。随着恐龙的灭绝,中生代结束,新生代开始。这一期形成的地层称新生界。新生代以哺乳动物和被子植物的高度繁盛为特征。

烧。从内部看,这里是图坦卡索的墓穴、朱庇特神庙、万神殿、夏洛滕堡的仿制模型,和被德国人称作"割喉手"的人士垂青的盘桓之地。"割喉",这词像一件双排扣外套,许多客人时常穿着它。当他们中的一位解开第一排纽扣,要一杯法国白兰地并点上雪茄让自己放松的时候,他是一名"割喉手",一名几乎绝不可能割开你的脖子的"割喉手";他可以是一个骗子、放高利贷者、流氓无赖,但决不会隐去某种知分寸的,对黑手党别有风味的魅力的古怪模仿。当他解开第二排纽扣,他的啤酒肚敞露出一座祭坛,被看不见的送葬者们的缓慢行进围绕着,它祭出压力非凡的商务生活和过量吞噬的不堪后果。"割喉手"依照西班牙肥皂剧和神的计划的尺度裁决自己的形象,但只从脖子以下开始。即便施过粉,梳好膨化的发式,拉伸过表皮,那些恒久向外伸突的脸孔上,仍释放一种面子上的多孔透气特质,和一道被扼死的、从对全副假牙的不祥预感深渊中反射出的眩光。当我头一回路过我那不偏不倚坐落在基诺饭店正上方的未来公寓的前门,我毫不怀疑,这处宝地不可能会是我的第二个,乃至第三个家。不论是在 11 月或 5 月,当我拎着购物袋返回,或拖着行李箱赶飞机,或者仅仅是手握一卷报纸迈步穿过基诺饭店"割喉手"们的桌椅旁的人行道时，我总是不得不运用自己所有的技巧，跳跃过那些总是掠过我瞟着我的双足足尖的扫视。早上8点，当清道夫关掉吹叶机开始清空垃圾，看上去他们全被吹跑了；可两小时后，人行道上又故态复萌。每当我叫住一位出租车司机尝试向他解释他可以在哪里把我放下，对方的反应总如出一辙：基诺饭店，对吗？悠长的数月以来，即便是红地毯，即便是那沐浴春风的塑料草地，那一路铺展直至入口直达我的公寓楼层阶梯上的塑料草叶尖上吐蕊的线头，也不能说服我跨过这幻影洞穴的门槛，这阿里巴巴的后裔们暗藏凶机的庇护所，这伪影的剧院，中空的拟像，与一切类型片无关的电影布景。设想某位歌手，在冬季节庆日子的某个周末第十五次重复四首抒情组歌中的一首，他唱得不错；或者那些撂在每一张椅子上的红毛毯，顾客被它们吸引，在室外坐下，在取暖器的围绕下欣赏冬日踉跄离去的身姿；而这样就会有汗水，生活藉着它想要流过侍者们的白衬衫，而他们正一天四次、五次地收拾室外的桌椅，摞起，成垛，又再次在某场倾盆大雨到来前将它们布置好，等天公作美，不得不在半个小时之内将全部动作如数重复一遍，日复一日，周复一周——不，就是不，哪怕那款名叫《基诺与你无关》的摇滚歌曲勾起的南斯拉夫乡愁记忆足足已萦绕了半年,这一切,都不能说服我抬腿跨进"基诺"。直到某一天,我将一百均分成了三等分。我深吸一口气,推开玻璃门;玻璃门的自转在暗示这地方的分量——我需要证实或者反驳我自己的假设。我假设,除了颇富吸引力的地理位置,丰富足量的菜肴也该是必需的,以确保真正的"割喉手"安然返回这座与幼稚病有关的神殿。然而,一旦见到将菜单递给我们的朱诺①的女儿,我们便彻底忘掉了自己要诊察的问题。也或者,那是朱诺的儿子?整整一顿饭的功夫,不足以让我们找到答案。八个小时以后,等最后一杯饮料被送上,当一只挂钟因为每早从这儿桌下吹送的前些夜晚的灰尘,为柏林另一头某位深肤色的男孩敲响,我们抽身返回自己那紧靠基诺的灯光通透的窗棂的家。她站在那儿,或他站在那儿,就在吧台后。那披长发的或披着挽流苏髻的马鬃的——长腿的或形销骨立的寒潭过鹤——那正在或曾经像一个女人一样喝水像男人一样脚底生风的?她二者皆是,而我们终于来到了基诺。

---

① 朱诺(Juno),罗马神话众神之首朱庇特的妻子,婚姻和母性之神,罗马十二主神之一。被罗马人称作"带领孩子看到光明的神祇"。对应希腊神话中的赫拉(Hera)。

第十三章　当钱念家

　　在最好的情况下，举步穿过奥利瓦广场，你会显得像是一名前来此地考察的鉴赏家，这里鲜有当地人涉足。在这里，在柏林，只有钱如同在家一般没有拘束——至少是那一部分钱：闻上去有吹弹得破的东柏林气味，摸上去却如一名来自西柏林的妓女。人的身体和运动中的车辆形成了一副十字架，宗教，仅仅只在午夜时分刹车；而此时在四个角落，四大银行的广告牌各自孤独地发着光，如同四颗钉子。德国商业银行，德意志银行，柏林人银行，和德累斯顿银行决定着天际的取向；南方有时候是北方，东方有时候就是东方自身所意味的。它们巨大的窗通常都被遮蔽，你不可能看见它们的密室，也就更不可能看见这城市的脏腑。你只会感觉好像在窥视一则神谕那张暗昧不明的嘴。唯一可见的是一张海报招贴，上面有一个小男孩在非常吃力地将一把钞票塞进他的猪小弟储蓄罐里。他是否知道在这里，人们只用数字的两端存储——用分币或者用千元大钞？并且，每一个人只为自己存钱，只为他自己的安全，为他自己的恐惧？因为这原因，很早以前或许久以后，当一位初来乍到者目睹一对已婚夫妇在饭店用餐完毕后，将小费均分成对等的两半，他不得不领会柏林人对于钱是如何地满腹狐疑。如果不是因为啤酒瓶，我恐怕会认为他们是吝啬的。而这并不成立。慈善，在早晨、下午、晚间和深夜的阳光下，无处不在发出能与空瓶子抗衡的光；在人行道上，商铺前，长椅上，橱窗里，垃圾箱一旁。发光的时间并不长。很快，空瓶瓶颈的哀哭将在某只尼龙袋里湮没；扛着这袋子的是一些在绝大部分情况下隐姓埋名的男人或女人；他们熊一样四处逛荡，如同在一片奇异森林里寻觅野蘑菇的人；依靠巡查翻检垃圾箱，他们挣得额外的收入。在这座城市里，有多少成千上百的人依靠返还被扔弃的空外包装而过活？我没有头绪。但通过这种方式——匿名的捐赠者们在释放出他们的灵魂以便它们在大口吞咽的白丽那金都啤酒中徐徐升腾之后——他们出手援救了那些与德国商业银行，德意志银行，柏林人银行或德累斯顿银行毫无瓜葛的人们。甚至那些藏在银行入口处前方闪闪发亮的金钱机器，那小小的后现代小圣堂里的小矮人，也想与他们有些交情。许多人所经历的，与这位移民所经历的是等同的。在一封来信中，他那仍居住在山区的父亲要求他一定寄些钱回家。父亲让他不要再靠领救济度日；因为在家乡，每个人都已了解，他的儿子住在一个满是惊人的大盒子的地方。如果你选择这些魔术师的盒子中的一只，只需敲四下，出于自卫，它会迅速咳出满满一把钞票。这位移民并不了解这种魔术。他跑到奥利瓦广场去收集啤酒瓶。如果他用指甲在空瓶上轻轻地敲击，那最多只会让他想起水晶山入口的叩门声。没有谁应门。他必须这样思考：他的生活会因为钱一夜之间改变。假定这真的会发生，至少他生命中绝大部分每日食粮的来源会因此而改变，但那最后一块小面包，还是最好不要有什么变化——此刻，当海报上小男孩身边的"那最后一块小面包"开始膨胀，有一片刻，看上去小男孩终于成功地将他的花生塞进了小胖猪的肚子；他对全世界隐瞒了他的花生。终于应该是一把锤子出现并敲碎那只被喂肥的小猪的时候了。但也有可能，那迸发的碎裂响动不过是一瓶啤酒在人行道上炸裂？它草就了一片透出薄光的阴影，一块粘滞的遗迹，或一次造反。

第十四章　在林登街九号①的罪感

　　锡安教会街 67 号一楼的窗口,有人用一条链子秘密地锁住了两株仙人掌的茎干。如同一对老年伴侣:来到了十字路口,他们却分别想向另一侧走过去;而习惯和恐惧使得分道扬镳不可能,也阻止了他们意识的联结或身体的分离;所以即便那么多年过去了,一位的胳膊仍然伸在身边的另一条胳膊下面,紧紧扣住对方,各自无法走自己的路。我的道路把我引向簇拥在弗里德里希大街查理检查站②四周的

---

　　①　林登街(Lindenstrasse)。柏林犹太人博物馆位于林登街 9—14 号,于 2005 年 12 月 5 日落成。它的目的是记录与展示犹太人在德国的土地前后约两千年的历史,包括德国纳粹迫害和屠杀犹太人的历史,后者是非常重要的组成部分。

　　②　查理检查站(Checkpoint Charlie),1961—1990 年(转下页注)

77

一大群游客的背后。柏林墙仍立着。它朝这城市打了个哈欠,街道上的生命顿时变得干瘪,建筑物的正面也切换了容颜;股利的味道正飘向全欧洲被拍摄最多的边境警卫站,转眼被社会补助的气息取代。旅游者们直视着数码相机荧屏的目光,替换了土耳其儿童好奇的眼神。他们大大咧咧地夺取了这块领地,自带一种自由不言而喻的希望。如果系着领带,你会想要松开领结,好加入自己步伐的从容;这样,当双足踏过佩索阿这个名字,赫拉克利特这个名字,普雷舍伦①这个名字,巴赫曼这个名字,双眼仍可阅读天空中云朵的笔迹。诗被修造在地面。诗歌跌在这些纪念饰板上,它的脸上刻画着一些欧洲文学经典中的选句;它在喃喃自语,我们的生活系统,我们对存在的掌控,竟是由词,这样不稳定的物质

(接上页注)间东西柏林间三个边境检查站之一,是当时东西柏林间盟军军人唯一的出入检查站,也是所有外国人在东西柏林间的唯一一条市内通路。检查站旁边是柏林墙博物馆。一座重建的美军警卫室现在矗立在那里,可见一块著名的标牌:"你现在正离开美国防区"。

①　普雷舍伦(France Preseren),1800—1849,斯洛文尼亚浪漫主义诗歌先驱,多创作十四行诗和长诗;代表作有《花环》、《萨维茨的十字章》、《祝词》等。他的诗在艺术形式和韵律上的创新对斯洛文尼亚的文学发展起到了重要作用。

构成的。不久以后,天空已收缩成一道狭长的细光,它穿透一簇巨大的水泥立方体顶层,黯淡地照亮它冰冷的墙面和雅各的天梯①,后者向上方延伸,直至触不可及的高处。狭长的隙缝将外部光源的预感掷到这空间的声响之上,投入荒凉的混凝土方块之间;如同一只被捕获的野兽,沉默,围绕着这些巨块几近狂乱地往返奔窜。"记忆"与"告诫",仿佛一对卡在博物馆墙面之间想要各自挣脱的老年怨偶。以及,如他们的早产儿一般诞生的罪感——就像从一名无家可归者肩上耷拉下来的背包,里面只有流浪所需的最少物品——无处不在的罪感。不知道出于什么原因我会坠入这两张嘴的黑白博弈,一张嘴在控诉,另一张在乞求宽恕;我跌进了第二张嘴。罪感涌进它,在我体内向下滑落,如同水,水做的罪感。还有几口啜吸的量保留在一只塑料瓶内。仔细阅读着玻璃展示柜中从大毁坏,从梳子,书信和被谋杀的犹太人的其他个人用品中抢救出来的犹太教律法书②卷轴,我将那瓶子从

---

① 雅各的天梯(Jacob's Ladder),典出《旧约》、《创世记》第 28 章。

② The Torah,指希伯来《圣经》最初五部经典,即律法书,亦称"摩西五经"。它含《创世记》、《出埃及记》、《利未记》、《民数记》、《申命记》。它也是指公元前 6 世纪以前唯一一部希伯来法律汇编。

背包里拽出来，因为恐怖感到干渴。紧挨着我，上帝的审判庭活动装置忽然被激活。耶和华的声音从一名红脸的志愿者嗓子里升起。听到对宗教虔诚的呼吁，我的脸红了。并不知道为什么，我感到有罪。作为一种公正的惩罚，我的前交流本能接踵而至。我踏进大屠杀纪念碑林郁结的晦暗。我清楚地听见一条看不见的锁链在我身后拖曳，而我不解其中三昧。只有在后来，在市内轻轨哈勒门站，我才领悟。一对浑身缠绕着链子，脸上满是穿孔的年轻朋克男女，坐在通向站台的台阶上。他们的狗时而悲伤地仰起头，两眼的目光穿过行人们晃动的大腿。一有零钱当啷落入一只塑料杯，年轻女孩便会抬起头说一声谢谢；而她的男友一直在她腿上安睡——这柏林的"圣殇"①。

---

① 圣殇(la pietà)，米开朗基罗为圣彼得大教堂所作的大理石雕塑作品《哀悼基督》。创作该作品时米开朗基罗只有24岁，这是惟一一件有其签名的作品。作品题材取自圣经故事中耶稣被犹太总督抓住并钉死在十字架上之后，圣母玛利亚抱着基督的身体痛哭的情景。

第十五章　库达姆大街

在这里，12 月是最残忍的季节。穿成串的迷你尺码的鹿和熊爬进库达姆大街上空闪闪发亮的光轮，俯视着日复一日用购物袋清空大小店铺的人流。白雪如同被揉皱的泡沫聚苯乙烯的碎屑从褪色的天空洒落时，它也抛洒出少许的宽恕；雪覆盖住柏林西区宽阔的人行道。行人们不知疲倦的双足研磨、搓捏着他们温和的歇斯底里和不那么温和的欲望的白色齑粉。橱窗内陈列的商品散发出光亮，如同一只只摇曳暖光的火炉。几个月之后，当路面行进的大军踩踏出的黑冰下散布的鹅卵石开始被挤碾出嘎吱嘎吱的细碎响声，天空中那些小生物们的剪影便将如旧年的雪一般隐逸。在某个水晶般透明的冰冷早晨，悬铃木枝叶摇曳的空中滑步舞会向清洁工和在公共汽车站捱过夜晚的流浪者们宣布,该是库达姆大街飘荡让人怅然自失的香气的时候了。漫步变得像在一座座森林穿行,全世界的香水店都在设法从那里的繁茂采撷馥郁。而那些尚未被彻底诱惑的人会发现,3 月里,雨水将暂时休歇一两个礼拜,聚焦于春季成衣系列的橱窗玻璃已开始散射出一些因年岁而衰萎的脸。尾随所有这一切而来的,将是 4 月富于表现力的,挑逗着欲望的外观,和它轩昂的步调。再没有什么发出嘎吱声。过去几个月的雪泥飞溅似乎已被完全遗忘,孪生的并行小道将再次联袂醒来。因为首先到来的,将是汗水涔涔,穿短裤的城市景观勘探者们,他们肩上的背包鼓鼓囊囊,他们手中的啤酒杯撞得丁丁当当。这些脚踏帆布胶底运动鞋的背包客们会将领带与皮草的占领向城市更远的西部推进,直入高价位的商业中心的阴影。不远不近,就在一间独家经营的男装精品店对面,今年的头一位乞丐已开始在人行道上伏击背包族。这一位的确是名怪客。与他那些经由名为贫困的皮条客输入并安置于城区各处的同行们不同,他并没有专注于展示某条胳膊的缺陷、假肢和身体古怪的扭曲。他拥有的是两条细瘦的木制义肢,这让人想到长袜子皮皮①。义肢上描画着俗丽的条纹,最下端套着两只白色球鞋。如同牵线木偶的细绳,它们被连接到他卷起的长裤里的两块方形金属片,覆住曾经是他的膝盖的部位。仿佛连结他和全能的主的所有绳线已被一把扯断,只留下了他,一个躺在街道中央的,被遗弃的悬丝傀儡。他仰头逼视我,龇着牙假笑,我感到自己的骨髓在结冰。他的骨头,而不是我的,属于库达姆大街。并非只有纳粹禁止过腿脚残疾的人们当街行乞。目睹我们自身这种不太那么浪漫的另一种可能性,有一些人会感到嫌恶不已。从数千年来的马戏表演,露天市场内的展示,到花俏的街道的拐角,这类残障者的骨头时不时会消失进历史贪婪吞咽的咽喉,消失进没有任何标示的坟冢的暗哑。如果街道是关于心智的隐喻,乞讨者便是我们的潜意识。在我们感觉最安全的时刻,我们跌绊在他们身体上。所以,我再说一次:这个男人的骨头属于库达姆大街。此刻,是他抬首注视

① 长袜子皮皮(Pippi Longstocking),瑞典儿童文学家阿斯特里德·林格伦的童话代表作,关于一个头发火红、力大无比、爱开玩笑、喜欢冒险的小女孩的奇妙故事;她有一个奇怪的嗜好,喜欢一只脚穿黑色袜子,一只脚穿棕色袜子。

突然停在他身边的警察的视线在挑衅整整一条大街。两百年前,当地方的公爵们前往他们位于格吕内瓦尔德森林的狩猎宫,他们驰过那片今天是一条豪华林荫大道的巨型土堰时,将今天库达姆大街上的买客卖家的祖先们视若与乞丐等同;他们一边向前疾驰,一边会回过头,瞧瞧执法官吏们将怎样处置这帮托钵人。今天,再一次,他在一声口头警告中安然脱身。于是他抬起头,凝眉望着,露出牙齿,兀自发笑。

第十六章 下一站：自检

　　历史开垦了人行道，它们像膨胀的面团从地面升涌。你这每日的食粮，在东柏林，要么赤脚要么穿鞋，我踩在你龟裂的外壳上。或许，如常见的基督论隐喻所示，这每一次踏步发出的嘎吱声，指向某种神圣情感的通道？神圣的，如那些在童稚中和在出神的逸想中失落的。从弗里德里希斯海因区的公园直到舍恩豪斯林荫大道，足踏在人行道的辫子形长面包上，是一种漂浮的感受；它们烘烤过度的表面绊惹你的脚步，而当坚硬的外壳松懈裂散，你又可重获平衡。当足尖探入未知，仰头沐浴春天的西克莫槭树树冠的温柔，目光也会被迎迓视线的，半隐着杂色彩斑的窗面所吸引——就这样，脚步踏入，走过书架、写字桌、水晶吊灯和坍塌的赤裸墙体。但如此出神的游荡只是某种稍纵即逝的酩酊;一旦试图追上自己的步伐,便会失去身体的平衡。柏林东部呈现的整洁依附于一种用心经营的颓放外表,旨在证实它的美。翻修过的房屋正面缤纷色彩的整饬,没遮没拦地反衬着凹凸不平的人行道;防火墙里嵌着六十年前溅入的榴霰弹弹片。人行道上形形色色路人们的脸仍不断地在搜寻着,不懈地搜寻着他们声称已经无数次找到了的,是的,此时无非只是又一次,已获得的东西。在任何其他城市,不可能发现这样一种如此醒目的,在穿行和跌落、举步和迟疑之间存在的关联,这关联,在对距离的犹犹豫豫的征服,和随时欣然再启朝圣之旅的心意之间存在着。普仁茨劳贝格的漫步者们,不可以镇定自若地沉浸于白日梦。一缕思绪在鞋跟的断奏中找到了对位,它突兀地蹭刮到坚硬的沥青外壳。就在这些街道下方,似乎还有另一个缓慢生长到路面的世界,一座秘密火山,或一个不为人知的文明,它持久地观察着我们这位于上部的世界,时不时地挪移它自己拱顶的花砖,人行道上层层铺陈的沥青石板。一个做白日梦的人必须总是再次打断他自己,重新调整他的步伐,向前疾冲;而更聪明的另一群,情愿安坐在咖啡馆,观望那向前跌仆的。当步行终于令我疲惫，我在42号高速火车的站台坐下，显示不同站名的屏幕上交替出现：

下一站
自检

这两行字如同两条腿。起先是第一步，接着轮到它的朋友，再接着，仿佛我们并没觉察这情形，又回到第一步。两条腿如两个步伐，两个小男孩。第一个是位土耳其小孩。在莫阿比特城区的塔街，他试图驱赶一只鸽子。因为害怕鸽子会飞撞上他，他俯身重重地跺脚。鸽子扑扇双翅飞开，只滑了几米远，又静坐在小男孩面前；男孩再一次朝下方伸直胳膊甩动两臂，如同在漾开看不见的水袖，鸽子再次飞起并再次落回老位置——已经分不清谁在追击谁在撩逗。第二个男孩坐在市内轻轨车厢我的对面，他问他祖父右边是哪一边。老人指向一扇窗，和窗后内河港西港附近的楼群。男孩转过身，用左手指着窗说，这是我的右边。当然他没错。在柏林，只有城市自身，而非它的居民，决定着天际的方位。居民们涌来，失去踪影，之后重现、消失、再返回；交替的两步,两步,不可或缺的共在。而城市协助他们免于过于熟稔他们的节奏;城市飞快地掠走他们脚下的土地,混淆他们步调的接续,使他们的舞蹈不沦为枯燥和刻板。因此,那每一位在同一片广场追逐鸽子或旧爱,并不断重复地转身返回的白日梦者,那每一位在同一条街道的沥青路面的同一条裂缝上跌仆的白日梦者,会在惊醒前,冷然面对那独独向他提出的问题:"自检?"

GOTT

יהוה

JAHWE

ALLAH

الله

第十七章　胡　须

　　疏离感并不会随旅行者到达一个异国城市接踵而至。它会在他返家时向他发出问候。在这并不感觉自己已是外乡人的归来者，和这此时已不再是家的地方之间，镶嵌着一小枚镜片。而家，只意味着一个他与日常的诘问和应对共栖共生的地方。这样一枚镜片磨利了我对传统卢布尔雅那牛排的记忆。在柏林呆了几个月后，家乡的牛排已经因杏仁蛋白软糖而变甜，还抹上了巧克力和奶油；所以我已开始感觉，有一个向南一千公里的国度，那里的肉排化成了蛋糕。可以说，疏离感是不经意间繁殖生长的，它在我的鼻子下方以少许柔软的短毛发形式萌芽；尽管在柏林，绝大部分时候并无人理会，可一回家，或回到被我当作是家的地方，它便惹来了频繁的注目礼，并粘上了奶油和巧克力碎屑。在意识深处，我感觉自己在没完没了地嚼着一块火候欠佳的肉排。作为一名在家的异乡人，我需要新的名字。而新的名字殷勤地纷至沓来——至少来自于那些没有因为没认出我的脸而擦身而过的人们，至于老熟人，却总免不了与我失之交臂。在柏林，我既没有蓄起威廉二世式醒目的，两端高高上翘的长须，也没有保留日耳曼部落男子的络腮胡；我的毛发不像青年荷尔德林那样蜷曲，并且我也不曾青睐接受一次公费变性手术的契机——在德国，这是任何有医疗保险购买力的人可享受的权利。可我发现，在自己的家乡，我竟成了个彻头彻尾的陌生人。那6厘米长的胡须把我变成了……一个罗马军团。我87岁高龄的奶奶认为，它终于使我看上去像一个真正的男人了。而其他人对这胡须的接受和反馈就无法让我感到松弛了。我姐姐发觉我与我们父亲70年代的模样神似；而我的一位作家朋友觉得我看上去像一部廉价色情电影中的男主角；出版社的一位同事认为他面对着一支二流德国棒球队里的一名平庸的后卫；一位匈牙利翻译说我看上去像风华正茂的阿提拉·约瑟夫①；而另一位匈牙利翻译则辨认出了老气横秋的阿提拉·约瑟夫；对我的建筑师朋友来说，只要不考虑鬓角，我其实就是一名前来亚得里亚海观光的前东德游客。我同时还是一名公共汽车司机，克拉克·盖博，一味可迅速止鼻涕的息风通络剂，或者干脆就是一只呆鸟。热切的关注令我战战惶惶。间离技术在日常生活中一次如此最低限度的运作竟然仍在抖擞它不肯衰减的精气神，贝托尔特·布莱希特②应该会冥冥中感到快慰。可是，每一个推陈出新的标签都在帮着我的反抗意志膨胀。如果我只是两手空空，仅仅携带着一抹胡须，一抹那无论如何不为任何特定理由长出的胡须，返回斯洛文尼亚作短期停留，那么，我是携带着整个柏林再次离开卢布尔雅那的；一套完整的德意志北部文化从我身上勃发，就在我的嘴唇上方。此后的数个星期，我陆续收到来自马里博尔③，克拉科

---

① 阿提拉·约瑟夫（Attila Joszef），生于 1905 年，卒于 1937 年。匈牙利上世纪最著名的诗人。

② 贝托尔特·布莱希特（Bertolt Brecht），1898—1956。现代戏剧史上极具影响力的剧场改革者、剧作家、导演，被视为当代"教育剧场"的启蒙人物。提出史诗戏剧理论，及陌生化效果（间离效果），Verfremdungs Effekt 等理论。逝于柏林。

③ 马里博尔（Maribor），位于斯洛文尼亚东北部，为该国第二大城市，重要的旅游和工业中心。

夫①,萨格勒布②我或多或少熟悉的人们的电子邮件；他们试图证实这是真事：我蓄起了两撇滑稽的髭须。每当这时候，我会满足地轻轻抚摸我唇上普鲁士的显赫。等围绕我的胡须的飞短流长终于灰飞烟灭，我剃掉了它。取代它们的，是这样一则消息：越来越多年轻的斯洛文尼亚小伙子们开始蓄起了长须短髭——可他们不知道的是，正如同他们这位此刻身在德国普伦茨劳贝格的同侪未剃净的脸上密密丛生的卢布尔雅那，柏林，也在他们的脖子上和嘴唇四周郁郁生长。

---

① 克拉科夫(Krakow)，波兰一城市；1320—1609 年间为波兰首都。
② 萨格勒布(Zagreb)，克罗地亚首都。

第十八章　博物馆守卫的博物馆

五个展厅里都能听见收银员的嗓音。而博物馆唯一的守卫正对着话筒在诉说。她将话筒拿得远远的,仿佛这是她第一天上班;有什么推揉着她的头部在话筒和耳侧之间来回转动。两个女人都张嘴举目瞧着什么。她们的年岁在持续地向她们发出退休的邀请。但在饶舌间,她们似乎回到了 13 岁;她们和一架电话一起被锁入一只橱柜。这儿没有其他人,只有一种音响:对于她们来说,是通话设备传达的人声;对于我,是她们的回应。"不行,现在这儿有一个人,我现在不行,等他走开,我会很乐意告诉你我是不是爱你。"立体声的吃吃笑。很可能是因为糖——依次陈列在一个个展示柜中的照片里,有大片甘蔗地里痛苦地弯下腰的黑奴的肉体包含的人间感,和普鲁士糖品工厂的蒙昧黑影;还有一直漂浮在甲醛中的糖用甜菜标本及统计资料纲目——让她们再次在活力中苏醒。她们是防弹艺术的监护人,编目分类知识的后宫宦官,虎视眈眈到访者的恐怖主义苗头的斯芬克斯。这座博物馆之城里独一无二的博物馆依旧缺失,它不会被用来炫示肖像画或雕像、声音装置、矿物质、巧克力或星图。这全部博物馆的博物馆展示的是博物馆的守卫。在展品悠长的存活期内,她们的身体已内化了展品的生命。数十年来,她们面颊的轮廓依照申克尔①的平面图凹凸有致,她的男式波浪短发透露出克里斯蒂安·沙德②的画风,她的脖子伸着,仿佛从孩提时代就已与埃及女王娜芙蒂蒂耳鬓厮磨。进入守卫们的博物馆,就意味着进入所有的博物馆。民族志博物馆

---

① 卡尔·弗里德里希·申克尔(Karl Friedrich Schinkel),1781—1841。普鲁士建筑师、城市规划师、画家、家具及舞台设计师、德国古典主义风格的代表人物。作品多呈古典主义或哥特复兴风格,极大地影响了柏林中区(Berlin-Mitte)今日的风貌。

② 克里斯蒂安·沙德(Christian Schad),1895—1982。德国现代艺术史中一名被归为战后"新客观派"一员的画家。他以古典技法描绘现代都市人物,他们衣着体面,神情疏离冰冷,透出冷漠。

里，一名男守卫已进入黑甜乡，他的脑袋斜倚在一个展示柜上，里面安卧着秘鲁人的祭祀仪事专用的印加刀；从他的姿势判断，恬睡期间他已经被斩首了好几回。在博物馆之博物馆的第一个房间，一颗入寐的头颅将与阵阵鼾声被分别保存于不同的展示柜。而其他房间展示的是不断处于运动状态中的守卫。在一间布满门采尔①绘画作品的小陈列厅里，一个年轻姑娘正迈着正步。她踏上四级台阶，眼球如同在徐徐下潜的潜望镜中转动。第五步，她打开一本书，双手将书举得高高的，大拇指戳进书页里；看上去她几乎封闭在一枚贝壳里，暂时是一只贻贝痉挛的收缩肌。再一步半，她的凝眸从书页中闪避了少顷；到第六步，随着一个鱼跃动作她的头部回到了初始的出发点。书又一次像贝壳一样合起，于是第一到第四步重新开始。她几乎在画廊空间里蛙泳。当她泼溅起我四周的空气，我注意到，她正在自己高度原创的守卫动力学的实证中温习汉语。不过，还有另一波展品同样也隶属于这博物馆的博物

---

① 阿道夫·门采尔（Adolpyh von Menzel），1815—1905，德国现实主义画家。

馆。边境博物馆里，一把在叮当铃声中瑟瑟发抖的椅子同样得到展示，尽管它与一位守卫腰背弓缩成一团的形式感不同。好似在召唤对于一则宣言的关键性褒贬，每隔20秒，皇家全景视觉图片旋转装置的铃声会鸣响。一个世纪以前，这个装有24扇小窗的圆形木质结构就已矗立在柏林某处散步长廊的一侧了；它呈现的三维照片曾令小男孩瓦尔特·本雅明雀跃不已。当观看者两眼向前一动不动地睁开，并将冒汗的掌心撑在窗格下的猩红长毛绒垫上，世界就会开始旋转。每一声铃响宣告一个圆周的结束。创世纪般的重启旋转将持续不断；尽管，那些重启，随着时日已统统逝去了，但铃声至今也未停息。莫非需要她亲自酬劳每位观赏全景移换照片的观众？边境博物馆里，女守卫沮丧地躲在一个角落；这受折磨的可怜小生物，双耳堵上了耳塞。若要说起博物馆守卫之博物馆的压轴戏，甚或可能是加演再奏，殊荣莫属国家艺术画廊三楼的一位男守卫。在试图努力将意大利文艺复兴与德国浪漫主义拉得更近一些的策展布局中，它鸣响，圆柱柱身的大理石开始哆嗦，而画布上男孩女孩们的脸顿时憋到绯红。这间展品守卫着展品自己的博物馆，终于在一个回响着一名守卫的屁声的房间，献上了终曲。而这无非一种由古典艺术激发的行为，一个与纯粹、有机和创造性表达有关的姿态，它百无禁忌，不含歉意。

第十九章　走私与地下

　　穿过后院,盟军 1945 年 4 月对柏林的最后一次轰炸刚刚在那里结束。从土耳其保安身边走过,再穿过狭窄的走廊,左侧的墙上有一扇小窗,窗户如同一只点着照明灯的孵卵器在发光;在一堆缆线与金属丝的缠结中,可以见到一个有关孤独的场景,一种关于爱的抽象,无疑是有关一位匿名艺术家的精神倾向的繁复物质化——但也有可能目睹的一切不过是一顶堆放着老掉牙的垃圾的工棚。与女盥洗室紧闭的门擦身而过,停在敞开的男盥洗室门前,有一位穿迷你短裙、脚踏高跟鞋的金发女郎整夜都在认命地用力擦洗污损的瓷砖,一边与在她身后小便的男人闲聊。接着便走进了夜晚的黑暗。接下来,爬上摇摇欲坠的梯台和脚手架。

我大意不得，以免煤气管磕到我的脑袋，但也有可能那是一条在我头顶低声嘀咕的污水管道。终于抵达了。他穿一件白色晚礼服，一条金链在露出胸毛的敞领衬衫后若隐若现；他有一副不厚道的下巴，这使周遭一切看上去如同太阳神刚刚从维索科金字塔①降落到彩色电影的银幕。从他的右掌，到掌上的生命线，直到两个无名指关节之间套着的一只镶假红宝石的戒指，都在直言不讳地道白，波斯尼亚人接管了柏林，至少在今晚，至少在这座城市，因为柏林，跟波斯尼亚一样，无非走私和地下，走私跟地下世界。他身穿红色晚礼服的妻子脸上浮出的非法的微笑和她肩膀上的刺青令我困惑，这是否只是一枚赌场筹码上那张人脸的副本？而此刻，我伸进衣袋的手指尖攥紧的筹码已在向外渗出汗液；也可能赌客们今天晚上要用来下注的，正被她宛如红色旌旗的罩袍所掩盖？在这儿究竟谁会胆虚？已经在今晚牛饮了不少香槟的银色冰桶，怒张瞳仁，灼灼逼人地环视着这不见

---

① 维索科金字塔（Visoko pyramid），指波斯尼亚维索科镇四方山。经业余考古学家赛米尔·奥斯马纳基奇发现，称其是欧洲第一个金字塔群，约修造于 12000 年前；它的设计和结构与墨西哥金字塔有相似之处。

尽头的酒吧清清冷冷的周沿,屋顶正在烟雾缭绕的光线中坍缩。穿过颈脖紧缚领结的保镖,扑通,直接跳进一只啤酒瓶的瓶颈。偶数,奇数①。倾腰、俯身,游戏桌边缘持续运动中的躯体有着平稳水浪的节拍,联贯而协调。下注,输。下注,输。此时,这城市全部的世界正围绕一张轮盘赌桌旋转,这走私的天地和秘密的地下。你走进它,在它的中心有一只白球。当你叩击,一下、两下,这天地和世界为你打开。白球环拥你,如同一只名字叫柏林的宇宙蛋包覆你。某种夜间的哑默在静静地回旋,指针转动,慢慢卡入刻度盘上的白纸片。一点半、二点半,它们将一切半分。仿佛有人在喃喃低语,该轮到咱们妙想天开了。而此时身体已在它的外壳里变得驯顺。我用一只喙敲了敲,蛋弹了起来,再敲一下,绽出一条烟状光线的细槽。这球状物立在自己的一端开始舞踏,一只柏林蛋开始绕着它自己旋转,以我为中心在旋转,满不在乎它自己内部的熙来攘往。喙再叩一下,蛋壳裂开,三点半,现在该是时候将我躺着放倒在"偶—奇"数

① 这是出现在轮盘赌桌上的法语单词,"pair, impair",意味"偶数,奇数"。

里,放倒在黑色的残剩里,也就是放倒在柏林的壳里的时候了,就在凌晨三点。又一次,再一次,只有那个蒙古人赢了,从来不是我,只有那个埋伏在他的筹码的亚拉腊山①后的蒙古人赢了;而我,可怜的斯拉夫人,慢慢退缩到了我一只手掌下最后那块疆土。经常是,总是,一直是,只有时间在赢。它被灌注进一只只啤酒瓶,缓慢地滑入你你滑入它——只要你不把它倒出去;而它是不会把你倒出去的,它不允许你再返身溜回来。"可你也离开得太早了点儿",一个穿迷你裙踩高跟鞋的金发女郎在我身后说着,一边仍在用力擦洗墙面瓷砖(刚才是怎么写的?)。"你已经全输光了吗?"她说着,转过身。我在这只雌柏林的夜晚的翅膀下把一切都输光了,我说;坏运气把我打翻了,我走开,或者我只是想象自己在说。仿佛裤腿里塞满了拔扯下来的羽毛,我滑翔着靠近市内轻轨站。街道围绕我的思绪打了个结。我迈着似乎借来的两条腿,歪歪斜斜,直到她从黑影里跨出

①　亚拉腊山(Mount Ararat),又名阿勒山,位于土耳其厄德尔省东北边界附近的锥状火山,海拔 5000 多米,为土耳其最高峰。据伊朗国界仅 16 公里。《圣经·创世记》一篇记载,诺亚方舟在大洪水后,最后停泊在亚拉腊山。

来,伸开她的双臂。"您去哪里?"她说,"您不想要吗?"她说。我刚刚才被孵出来,刚来到这个世界上,我说,我是凭着一只塌方的喙爬着出来爬到这儿的,我说,不过,都要怪那个蒙古人。我嘟囔、摇脑袋,继续赶路。我身后不但没有响起她吟唱的晨曲,相反,她爆发的嘲谑的哈哈大笑,一把擒拿住我,在我耳朵里筑巢。我感觉思绪像污涂的化妆品沿着脸颊滑下来好奇怪。我开始拔腿向哈克市场方向跑,朝一座午夜时分巨大的养鸡场跑去,我打算去看看,车站的哪一侧会孵出新的癫狂,也就是新的一天。

第二十章　普鲁士公园

　　每个星期一，只有当我追逐着时钟的分针，从地下通道朝费尔贝林广场地铁站跑去的时候，它会横穿我脚下的路面。如果我兜一个迂回的圈，逆时针方向奔跑，而不是像这兔子①一样直线飞奔，没入矮树丛中一个隐匿的洞穴，那么，横在我路上的便是乌鸦。它们跟着我的脚步蹦跳，仿佛在讥讽什么，只有当我在汗水淋漓的疲惫中仍能攒出足够气力提速步伐的时候，它们才会轻轻打开翅膀，为了避开我的踩踏。从它们身上脱落的大片羽毛，坠落在砾石小径上。

---

　　①　文中的"兔子"（zajec）暗喻斯洛文尼亚诗人 Dane Zajc，达内·扎伊茨，1929—2005，他的姓，含意是"兔子"。

在夏天正午前灼热的微风里,它们从我眼前飞远,轻逸得如同不善的预言。它们是塑料垃圾袋那闪闪发亮的黑。上午9点,清道夫会准时将垃圾袋堆放在一棵椴树下,环绕它被雷暴劈开的树干,这样,它们便开始回旋它们的礼拜一之舞。整个周末,公园的绿洲成了一个烧烤架上的大铁盘,随处是炙热红润的肉体。我跑着经过两名壮硕的女子;毫不顾忌这里是高楼群中唯一一块绿茵,她们懒洋洋地解下胸衣,她们的丰腴令太阳大吃一惊。当道路转向公园的荫翳部分,我径直跑进了奥维德的《变形记》。一只强壮的纽芬兰拉布拉多犬在与一对情侣一道玩耍,它从一座安放在灌木丛中央的青铜麋鹿雕像身上,嗅到了狩猎女神戴安娜的气息。也许有时候这座青铜真是一头鹿;不过,当一群身穿黑皮夹克牛仔裤的男人中的一个扭头,他头上美杜莎的发辫抛来的一瞥即刻让它再次坠入僵硬。他们含怒地瞪视前方,其中一位打开了几只瓶子;他脖子后扬,仿佛头顶的天空是位慷慨的乳母,正用啤酒瓶盛装她的乳头源源不断的馈赠。他们发出饱嗝声的当儿,其中一个踹了一脚垃圾箱。像一只突然坏掉的跑表,垃圾箱闷响着转了个圈。其他几个龇牙笑了几秒,但立刻露出一本正经的脸色,这与几百米外一个土耳其男人和他的妻子有丁点相似；不惧暑热，他们身披又黑又重的袍子。终于这对夫妇设法抓住了他们方才溜之大吉的儿子，而他不过正在安静地加入另外两个黑人小孩的游戏。在他们身后，一只羽毛球落在这公园的海拔制高点，一个男人的啤酒肚上；一名年轻的亚洲女子正轻轻挠他的脚底，如同在摩挲所罗门王。再一次，我被熟悉的亚洲浓汤的气味萦绕，它的到来通常都很精确，在周末草地聚餐时段从公园东南方向飘过来。大约三四十个台湾人围坐在他们的冷饮四周，如同置身于雅典卫城遗址；阳光烘烤着他们；我必须留神，以免踩到一只饮料瓶，或一条在过度摄食的享受中舒展的腿。其他的跑步者们与我并无交流，没有竞赛，双方只是用某种特殊的沉默，点数着对方的步子。一团团香氛的迷雾时聚时散，仿佛跑步者的灵魂，在他们身后五六米远的距离争逐。除了按分针的步履跑步的我们，工作日上午的公园通常也被坐轮椅的老年人占据。依照陨落沙场的士兵腕表上时针的速率，护工们推着老人的轮椅在绿洲周边活动。慢跑会忽然成为试图冲出罪感与视线的丛林的痛苦始末，当我靠近一位拄拐杖的男人或女人，发现他们身体两侧各由另一对老年伴侣扶持着。但是还有另外一些人，他们不光逛公园，他们还住在公园里。一个周六上午，他们中最富普鲁士气质的一位，闭着眼在酣甜中错过了我们的巧遇；乱蓬蓬的头发藏污纳垢，如同一位刚出生的天使，他在一条长椅上打瞌睡，两只手掌对齐安放在两条大腿间，一个甜蜜的晨祷手势。他四周散着一堆番茄汁包装盒。他把其中一个盒子搁在自己脑袋下面；很明显，在他柔软多汁的黏浆状梦里，他见到了那方正不阿的和那已得安息的①。

---

① 文尾的最后一个词，spokojnih，也意味着"亡灵"，"死者"，它用来暗指，祝诗人扎伊茨安息。

第二十一章　断纹柏林

　　当街道的存在对一个人来说变得难以察觉,这个人在街道上的存在也随着变得微妙。摩姆森大街、栗树大街和阿卡金大街清圆的树阴蔽日,日常生活平淡无奇的侧面也随之凸现出来——一种从对例外事物的倾慕振荡到细目表罗列的日常生活。在最易逃逸的感受深处,潜伏着疏离感;它表明它自身只为有关传统的错觉,一种紧紧捆缚住我的注意力的错觉而存在。有时候,听到一只烦倦的狗突兀的吠声也就足够了。在猝不及防的躲闪间,我看见十字路口有一辆观光旅游巴士。一名手持麦克风的导游在热切地解释什么。我听不到任何字句,但我感觉,我了解她讲述的全部内容。她和司机都面朝前方,目光直直穿过前窗玻璃。这名导游是我。从我离开公寓的那一刻，这篇文辞冗长的演讲就开始在我脑海中铺展。我说啊说，既没用字典也没有地图，只在无目的地游弋。只有当巴士往前移动时，我才发觉，除了司机和导游，车内空空荡荡，导游所吐露的，不会被任何人捕捉；这座城市的 350万居民中，没有一个会聆听我一说再说的；只有我的脚步和独白在持续。在一座异国城市等待自己被如家的感觉发掘？我躺在一个空房间。只有一张门、一扇窗、一张床、躺卧的我、光裸的墙和萦绕我的空间。离头顶四米远的天花板上，有一张裂纹形成的地图，涂料层蜷曲如书页被翻动。似乎有名字会从我白天走过的街道坠落下来，这感觉带给我孩子似对未知世界的恐惧。窗口洇入的光斑中，白色的元音在缓慢地滑翔。我在缓慢滑翔，我正从屋顶的皴裂中坠落，从一道有"柏林"这个名字的断纹中坠落。但我没有被撞击、被粉碎，这一回没有，因为酒精、药片和抑郁症令英格褒·巴赫曼①的双手颤

---

① 英格褒·巴赫曼（Ingeborg Bachmann，1926—1973）。伟大的奥地利作家、诗人。其出生地，奥地利克拉根福市，处于奥地利与斯洛文尼亚、意大利接壤边境。她受维特根斯坦的语言哲学影响至深，奉穆齐尔为创造文学幻想的楷模。作为诗人，一生只出版《延期支付的时间》和《大熊星座的呼唤》两本诗集。1948 年在维也纳与保罗·策兰相识并相爱。1962 年 12 月因精神分裂症在苏黎世住院。1973年 9 月 25 日夜，死于罗马居所的大火。

抖，就在这里的某个角落，在 1963 年。稍微有些晕眩，我从我的独白的断纹中安全滑过，字词折返我，如同一些来自陌生之地的新生儿熟睡的头颅。我在幽暗的玄关摸索着电灯开关。似乎被我自己的手攥住，我被领着踏上嘎吱作响的旧楼梯，蹭到书房的门前。我打开一盏灯，开始翻译：Daß es gestern schlimmer war als es heute ist（昨天比起今天要更糟糕），wieder kein Anschluß, die Anschlüsse sind da（还是没有联系，所有的联系也就这些了），aber es wird nicht angeschlossen（可是没有人被联络上）。柏林是个怪物。柏林是世界上最美丽的城市。两个句子都成立，但同时又都不成立。如同被宠溺的小孩，它们靠在我身上，索要，索要。我还是那个朝着一辆空空如也的巴士说个没完的导游。陪在一名絮聒不休的导游身旁，在摩姆森大街，在栗树大街，在阿卡金大街漫步好几周，好几个月之后，我也就成了这巴士中的空无，这中空；不为人知的律法向死寂投降，字词在死寂中无迹可寻地敷陈。驯伏？家？In der Mauerritze habe ich（在墙的裂缝里），in der Schrecksekunde（在一个可怖的片刻），einen schwarzen Käfer gesehen（我看见一只黑色的甲虫），der stellt sich tot（它假装它已经死了）。Ich möchte sprechen mit ihn（我想和它说话），aus diesem fein en Haus ihm den Ausweg（告诉它出路，从这座精致的）, zeigen，ihm einen Ausweg zeigen（房子出去的路，领它出去），oder ihn gleich zertreten（要么当时就踩死它）。Ich lerne von ihm，ich stelle（我从它身上学习，我假装），mich tot，in diese Ritze Berlin fallen（自己死了，假装正落进断纹柏林），verlaufen auf diesem Planeten①（假装我在这星球上迷路了）。翻译这些字词，我将它们从德语带入斯洛文尼亚语。打碎它们，旋转它们，如同我转动柏林地图，这地图转移我，搜索我，将我从一个地方周旋到另一个地方。在我出生那年死去的那个人的字词，在某座城市品尝绝望和失落的字词，那座城市与我现在孤身栖居的城市有同一个名字。与绝望和失落有关的字词，也可能就是我的，可能是任何一个人的。夜半，我在它们中间躺下，在这些字词中，在我低声说出这些字词的斯洛文尼亚语诗节之时，我的低音一旁也躺着一支静默的乐曲。乐曲是从楼上的地板渗落的，现

---

① 文中引用的德文句子来自英格褒·巴赫曼死后发表的晚期诗作之一。每个句子随后的英文翻译是根据本书作者的斯洛文尼亚译句译出的，而非从德文译出。

在我认得它了，像 5 月的气息一样轻盈，它是《来自伊帕内玛的女孩》[①]；在午夜，她穿透了断纹柏林，穿透了那可怕的、最可爱的、断纹柏林。

---

① 《来自伊帕内玛的女孩》(Girl from Ipanema)。Ipanema 是巴西一座城市。该曲是波萨诺瓦(bossa nova)之父，作曲家安东尼·卡洛斯·胡宾(Antonio Carlos Jobin)的作品，在世界不同地方曾风行一时。波萨诺瓦，bossa nova，是一种巴西风格的森巴舞曲与美国爵士乐分支冷爵士 Cool Jazz 的混合体；它是一种出现于 1960 年代的混编新型爵士风格。

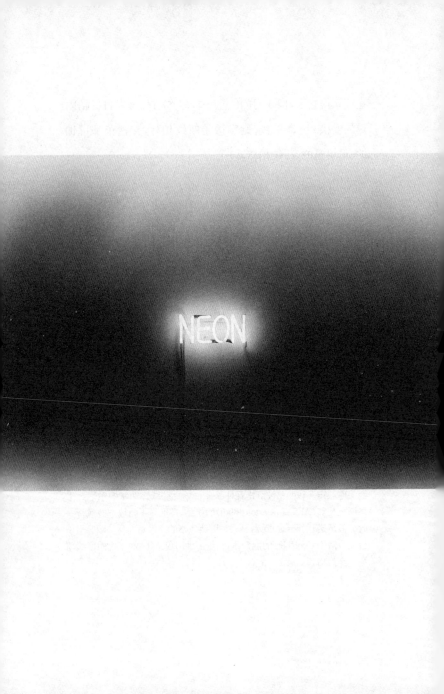

第二十二章　两厘米

最初,那里只有四副钢筋骨架和一些巨型起重机的缩身版后代,它们被搁置在国会大厦附近一处杂乱无章的运动场中心。一座玻璃穹顶已经在它们之间崛起。我乘坐的城市轻轨列车停在了这处建筑工地当中,无人上下车;车内乘客们的目光在缓慢向上攀升,似乎柏林的上空刚刚凝积起乌云,以利亚①正驾着火焰马车在天空疾驰。乘客们摇着头,自问看在上帝的分上究竟如何才能清洁这整整一平方公里的玻璃。接着,大日子来了。这片建筑工地必须在

① 以利亚(Elijah),《圣经》中的希伯来先知,活在公元前 9 世纪,以色列王国一个灵性衰微和反叛神的时代。他按神的意志审判以色列,施行神迹,被以色列王国逼迫。

半年之内成为这座对移动性最为痴迷的欧洲都市的中央火车站；所以，工地周围已有好奇的人们先后支起了折叠椅，相机三脚架，便携式保温容器和双筒望远镜。今天的魔咒，是两厘米。两座向对方倾斜的 70 米高铁塔在 48 米高度的部位相互咬合，铁塔两侧的远端部位相互错开两厘米；这微调的两厘米是为了保证两个已靠得足够近的，互成四十五度角的铁塔能被焊接在一起。这钢铁巨物向下倾斜的速度几乎不被肉眼察觉，因此外围的观测者们的注意力竟完全没有被搅扰；倾斜如此缓慢，它花去了一整天和大半夜。对动态的感知在整个柏林运行，它转播着这座持续创造的美丽城市的咒语，如同最有效的镇静剂。如果存在一种典型的柏林人的职业，那么它属于脚手架上的建筑工人、酒饮和快递邮件的派送员、作家和餐饮、旅游业的服务员。共同之处是，他们并不生产，而只是运动，拆卸并再次组建。管道和楔板，包裹与成箱成箱的啤酒，字和词组，盛着意大利式烩饭和鸡肉色拉的方圆盘碟。公共汽车、火车、地铁里，人们是平静、安静的；然而一旦他们猛地刹住大踏步，在站台上过度拥挤的人群中，在超市付款台前，或者在银行的队列里，躁动不安与勉为其难的第一批信号便开始冒头。只有当水柱的喷嘴转换水流强度时,瓦尔特·本雅明广场的喷泉才会偶尔平静下来;水的舞蹈会持续几分钟,伞状喷流交替着膨胀上升和收缩下降,只要短暂休眠的中央喷头不会猛然将一股强劲的水流射向天空。一待这场水的奢华制造的小混乱偃旗息鼓,大理石板中央的液态穹顶再次单调地重塑,行人们便会抬腿离开,一成不变使他们不耐烦。一位孕妇将她的小男孩塞进自行车的儿童座椅,骑上车。她身后的小男孩连忙一把撩起她的 T 恤,将小脑袋拱了进去;从前腹和后背看过去,女人似乎双倍地怀孕了。然而,当一个小男孩在嬉闹中返回他母亲的腹内,当车主们将他们半是汽车半是坦克的悍马泊在我的公寓入口处的饭店门前,这二者之间并无太大差异。从这锃亮发光的交通工具一旁路过时,我的注意力被贴在它的暗色侧窗上的一张小纸条吸引。我不得不靠近它,几乎只隔着两厘米,才能辨认那上面的字符:"请勿触碰车身"。海涅①在他的四轮马车里琢磨出针对普鲁士王国的淖泞不堪的公交道路押韵的冒犯;

---

① 海因里希·海涅(Heinrich Heine, 1797—1856)。德国著名抒情诗人、散文家,被称为"德国古典文学的最后一位代表"。

贝恩①在从柏林开往北海的长途快车上将猎艳者们的心理肖像编目分类;令人难忘的是布莱希特,在许多个战后柏林的冷冽夜晚,他的斯泰尔 220 型车长驱直入西柏林温暖的怀抱。他们说,如果那辆车是红色的,那么它一定是辆敞篷车;如果它也会飞,那么它一定是属于以利亚的。

① 戈特弗里德·贝恩(Gottfried Benn, 1886—1956),深受尼采思想影响的德国著名诗人、散文家;德国表现主义文学时期最引人注目的杰出诗人。二战后,他由于一度追随法西斯而受到孤立,直到 40 年代末才重新开始创作,其"重归"成为 50 年代德语诗坛的重要事件。他曾倡导"绝对诗"(Absolute Poesie),对战后一代青年作家及读者一度有很大吸引力,但后来也受到策兰、巴赫曼等诗人的抵制。另著有自传体散文作品《双重生活》。他在性病和皮肤科方面很有造诣,终生行医。

第二十三章　含糖的

　　极化检测毫无必要。午餐后，我们的血糖戏剧性地急速降至低水平以下。但即便是产自爪哇岛或安第斯山脉的可可也无法替代糕点中的糖；此刻，每 20 分钟，糕点便会旋转到我们面前，如同林地中迷路的松露猎人在兜圈。糖对于普鲁士人，就好像空气对于其他人那样，他说道；他的姐夫总是种植一公顷又一公顷糖用甜菜，一直延伸到梅克伦堡的地平线。他只会考虑最肥沃的土壤，最好是在山谷地带。他喜欢用心计算人造卫星 Sputnik 二号的精确轨道，也乐意忙于和喜欢扮作卧底帮派的家伙们打交道；他们秘密的任务，是要在每个女人脸上唤起加加林式的迷离微笑；他们还想要让德国南方食糖股份公司和其他"盐—糖"制造商越来越敏感于欧洲立法和规范的震慑力。是的，糖曾经被叫做"盐—糖"，西元 1393 年的时候，一公斤糖价值十头肥壮的公牛。殖民地的开拓和甘蔗的种植让糖的价格稍稍有所下降，但价格差迅即被千百万种植园农奴迫于苦力而备受摧折的躯体填平。但接着，西吉斯蒙德，安德烈西斯·西吉斯蒙德·玛格拉夫出现了，在普鲁士科学研究院位于柏林的实验室里，他从甜菜根里发现了糖。这一发现一举将更甜蜜的性别与较苦楚的性别区分开来。这样，柏林郊外的农民们从此不会在城里人和绅士们饶舌的雄辩面前面露赧色——他们亲身示范了为何甜大头菜菜地里的劳作对于一位男士而言委实是不相称的工种。通过系统栽培西里西亚糖用甜菜，一根额外的，享有"甜蜜的"美誉的椎骨，得以在男人的脊椎中生长。女人们，因为缺少这椎骨，更能忍受在田地里长时间地弯腰垂背。一百多年前的柏林足足拥有四百家需要女性劳力的制糖厂。随这白色结晶体一同到来的，是普通妇女第一次享有接受大学教育的机会。20 世纪初的化学家们，是一群穿裙子的炼金士。用那些从土里掘出的块根，她们制造出神奇的（如今越来越普通无奇的）粉末；她们用它来使茶变甜，制作水煮糖渍水果和果酱。男人们则致力于研发 Cyclon B 型神经毒气。这种被奥斯威辛集中营采用的神经毒气，是从糖用甜菜的糖浆中提取的。如果，我在糖博物馆读到集中营指挥官和糖加工实验室的头头们的通信，尝试追问是谁发明了毒气，我能做的只有摇摇脑袋。他们详细讨论了如何才能改良毒气的配方，让它变得没有气味，他补充说，此刻他指尖捏着第三块方糖，并发现在逆光中，它有着美丽的晶体结构。一个世纪以前，当世界还没有完全脱轨，休眠状态的柏林人会跑去安设在公园、广场里的"皇家全景"，观看在他们眼前来回旋转的市景图片。而今天，我和同伴的身体正在 204 米高处旋转。德意志民主共和国时期，我就在这下面工作，当参谋。每天早晨，从这些围绕在亚历山大广场的废墟中长出的白色楼群中间的一栋楼，我会步行走到我的营房，他说着，用手指指我们下方的深处。当然，这些营房的名字是有来历的，属于"弗里德里希·恩格斯警卫团"①。目光穿过菩提树下大街

---

① 东德国家人民军第一—"弗里德里希·恩格斯警卫团"（Wach-regiment Friedrich Engels）对外代表东德国家人民军形象，于 1962 年从"雨果·埃伯莱茵警卫团"分离出来，1970 年 10 月 7 日被冠以无产阶级革命导师恩格斯之名。该团名义上受柏林城防司令指挥。

上柏林军械库的警卫室外的铁格栅，毫无遮拦地，我能望见腓烈特大帝骑马铜像，"我们的弗里茨"——是他，将正步走引入军队的操练。他此刻就在那下方矗立着，可他的高度如同地毯上的一粒微尘。你看那栋楼，他说，那里还保存着1918年11月卡尔·李卜克内西宣布德意志社会主义共和国成立的时候，发表那个宣言的阳台。等下一个圈转到这儿，提醒我指给你看昂纳克①掌权的时候的那栋大楼。我们俩都喜欢黑森林樱桃蛋挞，也喜欢这俯瞰城市的旋转餐厅，它矗立如故。自从柏林墙倒塌，我就从没到过这塔顶，我只是老从下往上望望它，他说。有时候，人们管它叫"电视塔芦笋"。不过，在你做菜的时候，别忘了一定要往芦笋里搁上一到两坨。糖，无论如何得放，他补充道。

---

① 埃里希·昂纳克（Erich Honecker, 1912—1994）。德国政治家，最后一位正式的东德领导人。两德统一后，他先逃亡到苏联，很快被引渡回德国。他被控告叛国罪及他在冷战时期所作所为，特别是杀害试图逃避昂纳克政权的192位德国人。但因患癌症，他随后被释放。不久，他于流亡中在智利去世。

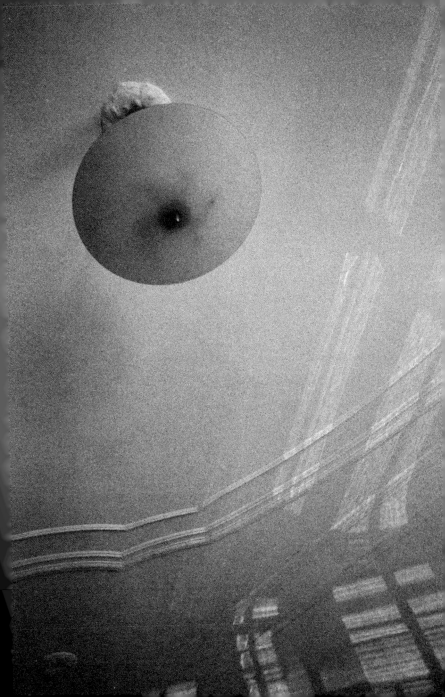

第二十四章　威莫区的窗

周一到周五的上午，如同满月时渐次从洞穴中爬出的海蟹，老年人陆续从他们栖身的公寓出门，他们接管了威莫区空荡荡的街道：从赫尔姆斯塔特大街、巴贝尔斯堡大街、根策勒大街、到布拉格广场。下午晚些时候，他们将再次消失；而此时，小孩们尖叫的回声，店铺附近高举啤酒杯谈论着女人和政治的工人们的嗓门，也一并消失了。中产阶级住户的公寓楼，窗是没有帘布遮挡的，但仍与哥本哈根或斯德哥尔摩不同——在那样的城市，临窗的人与路过的行人无时不能对对方生活的进展有所揣度。在威莫区，见不到有人从窗前向外张望，路上也不会有人试图透过窗往里看。所有当地人那种新教徒式的悟道论，在正午之前，已溶化成街面的冷冷清清，只有风和尘土在那里信步。整个威莫区，看上去似乎与我刚从赫尔姆斯塔特大街对面发现的唯一一位老者同样年迈；而多日以来，那扇窗前并没有人的迹象。这位老妇端着一只铝制洒水壶在浇花。她弯腰驼背，佝偻的身体淹然是绿色植物的一部分。她的头颅仿佛天竺葵叶子间缀着的蓓蕾；从那里，她朝马路眺望，而路上空无一人。老妇人从空望向空。哪怕一株同株移植的盆栽，也比她的探险要欢娱和充实得多。那天下午更晚些，我遇到了另外两位。当我满载鼓鼓囊囊的大包小包和一罐水从商店返回，他们中的头一位以竹节虫的样貌向我挪近。几绺青灰的头发，弯曲的厚重眼镜架，她几乎俯身倚在两根拐杖上，脖子上吊挂着一只购物袋。她让我忆起一张人质临绞刑的照片，死者胸前悬着的标牌上描着："有罪"。我们交换黯然的一瞥。我肩背手提得物件远比她多，也走得更快，但在那一瞥的天平上，时间，连同气力的重量被称重；天平向她那一端倾斜。在那一刻，弹指的一瞬，我看见自己的脚步在时间之内移动；在那时间的过往和将来之内，一个我已不再是的孩子的身体在移动；我只是一具朽坏的骸骨，一天比一天更快速地衰损。那天下午我去了人民公园，看见两辆救护车停在养老院楼前。两辆车车顶的闪光信号灯如同大号的昆虫在旋转不停。我的视线移向自己脚下，我的双足伸缩自如地大尺度吞食着距离，与面前全然动弹不得的场景反差实在是明显。这就是一段经历的终结和它的开端，我，漫不经心地走过，那儿，窗后，双足再也无法行走的某个人；这里，我，那里，她或他；明天，那里的我，也就是那里的另一个，从窗外走过的另一个，想着时间是一件平淡无奇的奢侈品，想着时间是充足的，距离仍很远，离公园仍太远，想着：一切，离街对面的、威莫区的空窗仍太远。

第二十五章　青　枝

似乎在每个片刻，冬日总能触到它自己的后背。几乎
徜徉了一整年的雪，在白天溶化，到夜里，它重又在人行道
和汽车引擎盖上萌生出初蕊。雪的渐次枯萎深入 3 月，深
入 4 月里最欣快的客店老板们最深刻的耐心——在预示着
好生意的第一束光线中，他们已将桌椅占据了人行道。冬
季如此漫长，当春日终于来临，即便是柏林最顽固的御宅族
也不由得喜出望外。春天并非如同一个新生儿一样来到，
她摇晃不稳地行进，如一位拄手杖的老妇，皮肤上有疣。她
拉下一道绿色帘布，用头一批绽放的花蕾遮盖住椴木，悬铃
木，栗子树光秃秃的树冠；她屏蔽人们的视线，而在整个冬
季，这视线时常能从街对面盘桓入卧室，厨房，或隔壁的书

房。与此同时,柏林人已然接受了自己不得不无休止地等待一个温暖夜晚的命运。清心寡欲地,他们裹着毛毯端坐于饭店和酒吧门外的取暖器周旁;如果其他方式不奏效,至少他们已经尝试了用这种相当透明的佯狂来蒙蔽来自北海和巴尔干的罡风。当冷锋终于在某个 5 月的夜晚徙来,一种昂扬进取的精神旋即君临市区。园丁们挥舞手臂相互问好,仿佛偏远水域的荡舟者。来自四面八方的绿的压力,迅速令我有条件地放弃了抵御;它来自阳台上耸峙的一棵柏树(很快,它将死于干渴),和厨房里一只栽有罗勒的花盆(不久,饥饿将吞噬它)。绿,是这座城市一只不可思议的头罩,它的隐形帽子。连续三个礼拜的暖和下午逝去后,不仅有更多的树木为街道和林荫大道缀上缘饰,整个柏林,将一次又一次更深地跃入林木的青影,成为树冠与丛草的统治之下,一座葳蕤生光的佩尔迪达城①。从邻街传来的风錾的嗡响因为枝叶的窣飒变得委婉,冬季萧索的街道碎裂成无数光束兔子;它们嬉笑着,顽皮地蹑足穿过枝叶在高空绽

---

① 佩尔迪达城(ciudad perdida),哥伦比亚一深藏于茂密丛林的古代文化遗迹,已消失有四个世纪之久。

开的更细小的光圈,在地面和行人的鞋子上不屈不挠地挥洒光的舞艺。蒂尔加滕森林公园里,第一批光裸的人体是自天空降落的。短促的一瞬,只要两次眨眼之间的凝视拖得足够长,看上去似乎有人在公园仅有的几处不被青枝覆盖的空地上,在摄氏 15 度的气温中,晒日光浴;而这很可能只是一个幻境。这些树干中心的第一轮年轮是一场争战的边界线。战后初期的柏林人不得不将城市心脏区域的树木砍伐殆尽。蒂尔加滕森林公园里的云杉、橡木、山毛榉和它们的亲缘植物,没有一棵树龄超过 50 岁;而每一年,树木的每一棵躯干内部,都隐藏着又一次向着丰饶财富的方向所作的轻微偏移。随着战争年代日常生活的树皮被一层一层剥去,新生活的年轮逐一嵌入这城市心脏地带树木的心脏部位。我朝附近动物园站的铁路站台另一端走去。从这里远眺蒂尔加滕,青枝在这座城市的空中优势一览无遗。仅仅几周前,树冠如同空中的骷髅在白雪似的云朵旁尖叫,而现在,夜晚的微风中,它们醺醺然地前后左右晃动,好似一场民间音乐会上称心遂意的听众。我很幸运。大约一年以后,假若从动物园站远望,无人再能目睹并惊艳于胜利纪念柱的华彩了。很快,树枝将遮蔽"金埃尔莎"面部的神态,徒留眺望者对遥不可及的距离的渴想。难怪他并未察觉，春季已在今日向他道别；就在昨天，他仍忧心忡忡，不确定地等待春的光临。与冬和春相仿，夏季同样携带着雪静默地潜入城市。但这时节，是热风翻飞着栗子树的花叶渲白了街道；而柏林人可以开始快乐地哀叹烈日、花粉，与芦笋的价格。这一年，芦笋是那样无畏地从土壤中迸发出青绿。

第二十六章　魔鬼山①

　　从埃菲尔铁塔的德国表亲的头顶,你的视野可以包容绿的无边延绵,直至阿尔卑斯山和乌拉尔山。唯有一些湖泊,如同小蛇引颈至西南方,中断了巨大森林的浑然一体,和拥挤的车辆在夜色中的光流;夜空里一架飞机的影轨时不时在缝合云块,看上去它们仿佛悬空的烤肉串。80 年来,钢结构的无线电塔一直在城市西区远端的展区一旁轻

---

　　① 　魔鬼山(Teufelsberg),因它边上的魔鬼湖 Teufelsee,而得名。魔鬼湖早已有之,是个天然湖。它是 1945 年二战后由柏林城市废墟堆积起来的人造山。至 1972 年底,这里堆积了超过 2600 万立方米的,近全城三分之一的废墟垃圾。1950 年代,美军在此建立部署雷达站,监听苏联和东柏林之间收发的所有无线电。它的两个球形雷达中间有一个柱形雷达,功能强大。

微地摆动。尽管由于技术故障,钢塔即将关闭,而售票处的韩裔雇员半小时前就已在清点最后一批访客,要求所有人返回地面,我还是舍不得将我的视线从那空间,那持续延展在眼前的空间抽离。技术故障的速度快到将韩裔女人的警告甩在后头。她没能来得及唤醒电梯,而这却令我心头暗喜。我悬在柏林上空,注视着远方一座山丘上的白色泡状物散发的丝丝薄光。那时刻,我并不知道魔鬼就栖居在那里。而在此之前,我会说,魔鬼在一个男人身上找着了他临时的皮肤——直到电梯开动,他一直在对韩裔女子的告诫嗤之以鼻;宁愿花掉足让他步行回地面的时间,仍在意犹未尽地抱怨;满腹怨言替他赢回了一张高价退票——当然,与此同时我也明白了"柏林人的牢骚"究竟意味着什么。数个月后,当我出发前往那凶灵之地,我已经知悉,它体量如何,它的年龄以及从内部看,它的真容。与恐惧本身不同,它的内部并非中空,却被破碎的历史充斥。魔鬼山,因为它 120米的"高度",被称作柏林的最高峰;1945 年,它不早不晚地崛起,跨越了欧洲这一部分疆土最后的断层。成千上百吨柏林废墟的残骸,主要经由妇女们用独轮手推车运送至此地。如果所有那些残砖断垣,连同此刻在我右侧起伏的,蔓生于墙头、屋顶和地基上的植丛能够依从前的规划得到重新布局,它们将生长出至少又一座柏林。如今,只有散落在蕨类植物中残断的灰泥板,和植物根部周围零落的碎砖,在悄悄耳语着有关战争尾声的一则故事。我转向路旁一处禁止通行的停车场。有一片刻,白色泡状物中的一朵在远端浮现,它看上去硕大,十分近,但很快又隐身在了树丛间。我目测出一条上山的捷径,追踪着那朵白。就在我气喘吁吁地踏上一段尘土厚积的陡峭斜坡之前,我看见前方有两个女孩。其中一个身穿黑外套,她领着另一个双眼被蒙住的,穿白外套的女孩,托着她的肘。她们刚好停在一处陡斜的悬壁前。黑衣女孩观望我一步步从低处靠近,有一瞬间似乎她要领着白衣女孩跨过悬壁,而突然,她推转过另一个的身体,二人一齐消失了。等我攀到顶部,两个女孩换成了一对年轻情侣,旋即又化为一个在草丛中倒立的男子,然后则是一名手持摄像机正在拍摄的女子。我兜了个圈,以免进入她的取景器,尽管我预感,即便我不这么做,那摄像机也不会记录我的出现。在从被摧毁的城市长出的一座山上,魔鬼的脾性显露出来。仿佛倏然间邪恶的力量会让狂野的矮树丛和林木在我身上猖獗地生长。道路被猛地劈开,又一次,再一次。我,寻找白色泡状物的人,和一只在地面曝晒的蜥蜴,同时被对方唬得惶然失色,我几乎一脚踩到它。大黄蜂朝我飞来,它们在我面前二公分处悬停,从半空中注视我如同毛茸茸的悬浮的眼珠。从左侧,我能不断听到路面噪音,偶尔有人声;但我无法穿过植丛。寥落的几处建筑物看上去像太空站。路面上逐渐隐没的箭头,灌木丛上垂下的一顶帽子,就是标记了。可这是谁的标记?它们意味着什么?半小时以后,我不经意地看见远处有两个人在拥抱,但当我取道绿色植物当中的一条狭窄地沟接近他们,那一对情侣便完全不见了踪影。他们住在另一个柏林吗?另一个地面以下的柏林?接着又有一道光在树丛中闪烁,而这一次不是幻影了,而是停放的车辆的反光。我似乎刚刚穿过沙漠闯入一片绿洲。到处都是人,湖边是已经接近全裸的人们,哪怕有些为时过早。我返回主干道,想再试一次,但这时我已意识到,即使是魔鬼,也似懂非懂那些戏法和捷径。在盘曲的小径尽头,视线不期然地被铁丝网笼住。一些我从未见过的,最大号的冰激凌球正在残骸间闪耀,看上去它们完好如初,拒绝在此时的光照下溶化。残骸之内,建筑物的每扇窗都是鲨鱼张开的、错嵌着尖碎玻璃的下颚。我面前横陈着美国监听站静默的尸骸。似乎，这些残损严重的建筑巨物仍在专意地履行它们之前的使命。唯一不同的是，它们并不是在监听八面埋伏的敌情，而只是在监听伏在更低处的魔鬼。魔鬼的讯息已被每一堵焦裂的墙破译。

第二十七章　贝恩医生的星盘

　　周四搭乘110路巴士去达勒姆，是一趟进入大自然怀抱的周日远足。每一个拐弯都允诺着绿色郊区的尾声；风中轻摇的西克莫槭与椴树树冠和城市的终曲跟乡村的序曲相互牵着手，挽紧，你并无法判断是谁握住了谁的手；但允诺没有兑现：绿，并未被特意留给农田，游泳池也没有被移交给湖泊，大宅邸不属于农场的版图。"村庄"（Dorf）这个词在撒谎，即使"达勒姆村"车站的屋顶被干草覆盖。一群阿拉伯学生在地下通道入口前游荡，只有经营烤肉串生意的德式凉亭给出我们些许暗示，因为巴士并没有穿越一条秘道，而是把我们停放在了摩洛哥。大学的楼群隐在树木中间，小道交织缠绕，标语牌萧然独立，各不相犯。一个箭头指向 3 米开外的另一个，后者指回来，与前者垂直正交。追随这些旨在确保无人迷失方向的箭头，一个人搜寻着，搜索着，直到他醒悟，靠追踪路标他决不会找到他要觅得的方位——甚至这个事实也变得全无意义。一条莫比乌斯带，路径们盘绕迂回的死角，和一个精疲力竭的牛头怪米诺陶，是这个地方隐匿着坦途的兆象；而这兆象只会在民族志博物馆的旋转门后激增。尽管每一位参观者的秘密梦想是独自漫步，徜徉于人群迷宫中建筑迷宫门厅迷宫之中的展示柜迷宫，其他游客的了无踪影终令他疑窦丛生——博物馆是否已关闭？管理人员把他忘了？他只是一个陌生的名字，在印加木乃伊和波利尼西亚帆船的编号之间进退维谷？当暗暗惊诧的访客不惜惊扰一位女守卫在大厅某个隐蔽角落的阅读活动，后者对这倾身探问者的回复令人释怀——您不是头一位这么问我的。然而迷途仍在继续。这爱斯基摩人循着德国战士的誓词步行到了元首面前，场景如同一对爱侣于 1946 年之春在一部俄罗斯电影散场后携手返家，而此时柏林的废墟中尚有一枚方砖被遗弃在未遭损毁的半个躯壳里。置身于玛雅人的天地，一个嗓音在追问非洲的坐标；而那位正在无声地含漱这郁结的空气的男守卫，身体朝向午后阳光的裂隙后斜，他伸出食指，半阖的眼皮纹丝不动。就在楼上。停在标有"出口"二字的大门前，我在成群的地图制图员的团团围绕下丢失了感知。雕凿的黄铜星盘上刻着阿拉伯文。目光穿过圆盘的开口，用来测量地面方位和天体位置与距离的心轴只需一个转弯，便同样在指示麦加的方向，指示着唤拜的钟点。30 分钟之后，我发觉原来自己曾经借出过它，尽管六百年前，它并非用来测绘"达勒姆丛林"如今的界域。一条寂寞地连贯我的地图上的白色斑点的道路，却原来是一片小径旁逸斜出的树丛。树丛边沿，我与一位遛狗的退休人士的深思狭路相逢。但狗吠迅即消声；处处都是灌木林，树干上不见青苔。树冠间有夜的钝光。独行半小时后，我在一条沟壑前止步了，究竟是一条远处高速公路的路面噪音，还只是树的噪音？我穿过矮树丛，依无路可通的陡峭地势下行。沟壑的另一侧，我看不见有什么小道在等候我。当我一身尘泥从林子摸索到一间折扣店的停车场，沐浴在夜晚的阳光下，正用圆圆胖胖的大小购物袋填满奔驰车后备箱的人们打量我，如同我刚从铁器时代翻了个筋斗抵达他们眼前。每一个有关自己置身何处的疑问都是多余。在利德连锁超市杂色斑斓的门脸之后，墓碑在树木的阴影之间沉陷。达勒姆墓园入口处的地图确认了我熟悉的数字：27W/31 004/699 和 004/700。可我在入口处购买的黄玫瑰，历经半小时的行路难之后，已在我手中完全枯萎了。标着"墓地序号 27"的木板在 C 区和柯尼希之墓被扼断。突然沉默下来的，是那些金属缘石，它们标示了每一片 30 个乘以 30 个墓地的土地面积的每一个 90 度弧。白色圆形标志戳入墓地的土壤，人名与墓地绿化指南，逝者与墓地绿化指南，死者与墓地绿化指南，一切停顿在了 005/586。多年前我曾在这些墓碑中迈步，却从未像今天这样在一处墓园的分区迷失方向。指示标牌蒙蔽了我，我放弃了直觉，追循着死亡承办者们的逻辑。手中握着失掉了生气的玫瑰，我沿砾石小径走回墓园入口，再次钻研平面图；我越来越确定，本雅明众所周知的句子并未道出实情——"如果某人不能在一座城市确认自己的方位，这无伤大雅。但如果他如同在树林里迷路一般在城市里失去了方向，那么，培训是有必要的。这么说吧，街道的名字应该如同干燥的树枝在飒飒风声中交谈那样，自然地跃入这游荡者的脑海；而小径应该清晰地反映出一日的时辰,就如同林间洼地明净地反射阳光。"①我并没有在林间无路可通的地带迷途,我在达勒姆丛林墓园过于完美的路标之间,在一个封闭的地点,一个竭力试图为每一平方厘米命名的空间迷了路。记号的倍增将我缠卷进一张过于稠密的网。我需要那只阿拉伯星盘,而非墓地的指示牌和墓碑编号,去找到一颗暗沉的星辰;这星辰只会在我抢在墓园关闭前往回奔跑的那几分钟,在我将沉睡的玫瑰安放在伊尔莎和贝恩医生②的墓碑前的时刻,升起。

---

① 此处引自瓦尔特·本雅明写作于 1920 年代的散文集《1900 前后柏林的童年》。

② 关于德国诗人、散文家贝恩,见前注。

第二十八章　龙与异装癖

　　入口上方，标有"俄语原版图书"几个字，而进入内部的薄暗，一提腿，便会绊上中国花盆，袋装台湾造塑料手枪，和成堆印着"印度制造"字样的袜子。"抓你想要的"，几个粗狂大字，提醒逛进这空间的每位访客，某些来自针叶林地带的斯拉夫兄弟们正在以某种特殊的风格拓荒社交分享生活；你可以看到：一个忧郁的小孩将头靠在"俄罗斯母亲"的膝盖上，而环绕她围裙上印满的镰刀和锤子，透露出慢性疑难过敏症的气息。斯洛文尼亚人并不能真正理解波兰人、捷克人或巴尔干半岛的人们对斯拉夫格列佛们的惆怅怨怼。我们离憎恨不够近。这样，出于毫无必要的自我辩解，我掏钱买了一瓶在芬兰装瓶的俄罗斯伏特加。正要离开这冻土地段商队的驿站，我冷不丁撞到一串从屋顶悬垂下来的龙船风筝，仿佛不经意地掉进了一个有民族风的窠臼。隔壁性用品商店的橱窗已经校正了这个令思绪步意蹒跚的迷宫的设计。那儿有一个穿女式内衣的男性塑料人偶。谁是斯拉夫人？谁是德国人？柏林是一座与民族异装癖有关的城市。本着普鲁士人一丝不苟的严苛，俄罗斯人布置他自己经营的精选高级女子服饰店；德国人则"效仿"东正教神甫蓄起浓须，徒步前往莫斯科。有关死的最可怖的概念难道不是与淹死有关？难道语言没有教会我们，做爱的两具躯体正在"移注"①？如果水是有关灭绝和爱的隐喻，那么柏林便在马灿②水井边与它的镜像缚在了一起；这水井是在第一批迁徙人口柏林定居点的原址被发现的。它毫不起眼地坐落在中国大使馆一侧的边境博物馆那布满落尘

----

① 原文为"decanted"，化学术语，又称"滗析"，指将液体澄清后轻轻倾倒出的作用、方法、或进程。它也是一种高效分离葡萄酒和沉淀物的方法；法语中这个词的本来意思即分离葡萄酒和沉淀物，如植物性物质、色素和单宁等细微颗粒。

② 马灿(Marzahn)，位于柏林东部的世界公园。

的地面层。博物馆守卫打出一个个哈欠，游人形单影只；前者在后者身后亦步亦趋，谨防访客亲身演绎东德秘密警察斯塔西的步态种种。定居于这个区域的斯拉夫人在一口德意志人打出的水井遗址上，开挖、修葺了另一座水井。石块垒着，破损，凋残，不同部落的人们接替更换的木料，业已倾圮。存留的只有井中水，是水，使得柏林成为一座与转化和身份变换有关的城市。对于初访者，水，是最主要的惊异和启示的来源。浮在河流和湖泊之上的柏林，从不夸丽，反倒腼腆。与流经威尼斯、圣彼得堡和阿姆斯特丹的神气活现的水域不同，这座城市并非站立于它的足尖，所以它倾侧它的最边缘部分，为了更清楚地看见那喀索斯的脸。历史，不同民族的各种运动，高压下的迁移与重新安置，今天涌入的新移民，昨日的失败者和昨日的胜利者，早已令这城市的镜面破损。只有水，水中一张支离破碎的脸寂寥着；而水簇拥着破碎裂片所注入的，不是海港、喷泉，中央广场与长廊涟漪般的堂皇，而是湖，两岸有垂柳和椴树，间或有池塘，孩童在水近旁嬉戏，入梦的岸上有零星售卖饮料的货摊，人来人往的沙滩上整齐排列着折叠帆布躺椅。柏林已经变了。从一名男子变作一名女子，又从一名女子幻化为一名男子。从"世界之都"①，从纳粹帝国的首都"日尔曼尼亚"，它演变成郊区的群落，那里住满了善于自我挖苦的，对身份的定义心存质疑的居民。柏林人的 P 一代是仍然拥有"普鲁士"这个词汇中的 P 的一代人。让柏林塑胶熊的爪子从容缓步吧，异装癖者的国度之都的名字，来自于乌拉尔山后。

---

① "世界之都"（Welthauptstadt），指希特勒意欲重建柏林的工程，"日尔曼尼亚计划"的目的，它是其预期在二战获胜后对未来德国的部分想象；希特勒称之为"帝都"（Reichshauptstadt）。由第三帝国首席建筑师阿尔伯特·施佩尔制定大部分重建柏林的规划，但仅很少一部分于二战结束前实施。

第二十九章　文学幽灵之屋

　　围绕魔幻现实主义的陈旧想象力，只能部分解释这幢屋宅的传承。被从犹太商人手中没收充公后，它改头换面成纳粹党卫军总部；战后，它曾作为一家妓院盈利；最终它变身为一间为国际作家的兄弟情谊而设立的机构。由于主人接续替换，改变的不只是它的外观。从前窗眺望，视线会沿一条树冠苍郁的林荫大道舒展，双眼将不由自主地吞噬一剂郁结的愁苦；而从后窗望出去，搜寻着某个崭新的形而上理念的目光会在已结冰的冬季湖面漂移。此外，你也可以滑着冰一路飞掠过随处孑立的树，和被柏林人森林庄园围绕的施瓦能岛；或者抵达一处建筑——1942 年 1 月 20 日，万湖会议在那里召开，纳粹就所谓犹太人问题达成最终解决方案。然而，目力所及总暗示着双腿的力不从心。所以，与整装远行不同，早餐时，他们会以一种防御的姿势在桌前交叉双臂；应和着镶大玻璃的中庭里叮当作响的餐具，同桌的每一对身体都在焦灼不安地来回摆动；看上去，每个人都沉湎在纯粹的脑力运作当中。这场景着实有些骇人——如此多仿佛驱驰着体量巨大的重型拖拉机或推土机的作家与批评家，一清早便已开始翻搅语言的泥土。偶尔响起的低声细语轻柔地回响，哪怕一支试图注解仍旧怅恍的晨间印象或昨日梦魇的最后一片薄霭的铅笔潦草涂描的沙沙声，相形之下也只会显得唐突。呷一小口甘菊茶，或舔一舔粘着从一只凯撒面包滴落的蜂蜜的手指，一个举动便可以护卫一张因创造力触发的张力而扭曲的脸，尤其当谈笑间邻桌是某位颓然跌坐、心不在焉的冰岛、阿根廷或爱尔兰巨匠。参照与比较在这个地方无休歇地发生。一楼挂满了照片，他们是一些从斯德哥尔摩领取税前 130 万美元奖金收入的公民——仅仅只在那里呆上一天或一夜，他们就能将门槛修筑得那么高。竞短争长之后，便是早餐后的事务洽谈：基金、奖项、版税、出版商、社会关系、节庆活动、电话号码与电子邮箱、丑闻与文学圈内的游说、版式设计、评审团结构和税务咨询。毫不奇怪，海因里希·克莱斯特①恰恰会在这里,在这座湖边,射中他自己的头颅,那被他射中左胸,罹患绝症的心上人,也与他同赴黄泉。或迟或早,楼中的任何一位都会琢磨如何步这轨物范世的人儿的后尘。如果可以在室外悠然自处,而我碰巧拨通某位关在自己房间里的朋友的电话,我会发现他的嗓音转译出某种神秘耳语的质地。一种精细到令人焦心的希区柯克电影的气氛在这幢别墅楼萦绕不去,除非等尸体从壁橱中滚落,证明那认为世界天真如赤子的理念无非是个不足令人信服的妄念。当然,存在着对于约束感的不同形式的反应;譬如,《基本粒子》②的捉笔人的存在,就令卑屈的叩门和颔首

---

① 海因里希·冯·克莱斯特(Heinrich von kleist, 1777—1881),德国剧作家,小说家。出身于普鲁士传统的军事世家,早年从军。他是德国文学史上创作志异小说的大师,亦是德国"逸事"文体的肇始者之一,著有《论木偶戏》等文艺理论作品。1801 年创办《柏林晚报》,抨击普鲁士的亲拿破仑政策;为德国晚报的先驱。因当局干预,经济困厄,创作鲜有共鸣等诸多原因,1811 年 11 月 21 日于柏林万湖先杀死患癌症的女友,后自杀。这位生前在命运中流离颠沛的作家,于 19 世纪末期才得到肯定。
② 《基本粒子》,法国作家米歇尔·乌勒贝克(Michel Houelle-becq),创作于 1998 年的作品。它曾名列法国《读书》杂志当年度法国最佳图书榜首,被译为 25 种文字,并被改编为电影剧本。乌勒贝克被称为新自然主义小说家,部分受法国 19 世纪作家萨德侯爵影响,亦有凡尔纳风格的痕迹。

低眉的请求显得必要,好让那位从一大早就从电视收看色情电影的同事调小音量。整层楼都能听清这迷影者贯串着毫无悬念的听觉情节的历险,它甚至有可能左右其他那些关在各自房间中的作者们的想象力,而他们正徒劳无功地聚焦于他们自己虚构的角色,以及这些角色相互缠绕并摆脱缠绕的方式。我宁可避开活着的经典们,所以我尝试以最无戏剧感的方式靠近通向二楼房间的后楼梯。如果我走主楼梯,我将不得不经过一张安置在夹楼楼梯间中央的小木桌;桌面上,《法兰克福汇报》文化副刊疏放如一位海滩上的金发女郎,它的重量会立即将我浸入深度的抑郁。在这样的时刻,新鲜的空气变得不可或缺,而这将意味着前往这间可敬和持重的文学机构的对映体,从那里,缭绕的烟雾有助于结晶出呼吸。洛蕾塔,是附近唯一这家酒吧的名字,它曾成功地跻身"最声名狼藉的德国酒吧"竞赛最终角逐。紧紧攀附在墙面的,有可怕的浪漫主义风格油画的可怕的复制品、电影海报、步枪、邮票、可口可乐广告,以及趁在巴伐利亚度假之便捎回来的各种纪念品。如此多令人目不暇接的遗迹相互推搡着盘点同一个空间,这简直令人们不安地燥热到汽化,即便是在冬季。对这间酒吧供应的高脂饭菜以及烈酒的过度消费，为一个又一个用颤抖的手指稳住酒杯的东欧作家打开了一扇通向可期预测的腐化的门，和一条导向不可避免的失足的道路。有一些试图抵抗，却开始仿效起他们的西欧同行们厨艺的精湛。在这大宅子宽大的厨房里，烹饪，尤其煎炸，要求少许的调料和大量肉类。难怪当那么多活着的经典们在将会堂和厨房隔开的玻璃门另一侧，对着满满一屋子听众朗读时，他们的作品似乎传达出油煎洋葱、炸肉排和烤焦了的豆子的口感。当公开朗读结束，楼房房间彻底腾空。似乎每个人都在往外逃。有时，我会在夜里晚些时候离开我的房间，走到被众人抛下的空旷的一楼。木质台阶发出咯吱声的时候，照片上的人像苍灰的轮廓开始变得线条分明。我不开灯。蜿蜒穿过空阒的大厅的时候，我尝试尽可能不要被人发觉。找到一张窗边的空椅子，我将听觉转向那些文学幽灵，他们每一个都在向人群低吟他们自己无穷尽的独白；而我会好奇，这个夜晚，他们会试图说服我为哪一阕本事折服。

GOTTFRIED BENN
ILSE BENN
Pflege
Feld 004 700
Ilse Benn
14.7.1913

第三十章　施普雷河①沿岸不为人知之境

青年岛对面，特雷普托公园②休闲区的花园餐厅里，他们在跳舞。他们中的每一位都超过 60 岁了。但他们洋溢的欢快驱走了下午第三个时辰从悬铃木稀疏的阴影中散发的热浪，逃逸的热浪不得不在他们的曳步之间卷起尘烟。与那些在花园栅栏一旁停歇的，躲避着令人难耐的暑气的

---

① 施普雷河（Spree），一条全长 403 公里，流经德国萨克森自由州、勃兰登堡、柏林和捷克乌斯季州的河流，汇入易北河支流哈弗尔河（Havel）之后注入北海；与临近一些河流之间有运河相通。

② 特雷普托公园（Treptower Park），位于柏林施普雷河岸。民主德国时期叫"文化公园"，建于 1876 至 1882 年。德国工人运动领袖罗莎·卢森堡、卡尔·李卜克内西、恩斯特·台尔曼等曾多次在此发表演说。园内有天文馆、苏军烈士墓等。

老者相比，我的年岁只有他们的一半。我一直注视着，看这些已从工作中退休的舞者身体如何在被释放的生命活力中带着美感移动；这种生命力曾浸渍在前东德流行歌曲常青树们那最易琅琅上口的伤感曲调所发酵的嘲弄中。他们中有摇摆舞者、拉丁舞风的热爱者、勇健的华尔兹舞伴、从未上过探戈课的探戈学员、单足或双足弹跳出欢庆气氛的自修者、隐秘的患风湿症的体操运动员，以及头一回在迪斯科舞厅翩然舞动的70岁的"小姑娘"。流逝的并非他们生命的时光，而是施普雷河；正午时分的河水是哑静的，无言地从他们身边流过，似乎怯于打扰他们午后的自得其乐。我发现河面上有一只游船的反光，几乎一年以前，我曾经在上游两三公里处登上过它的甲板。所有这些时间以来，它的倒影曾向何处飘荡，我一无所知；但我毫不奇怪我对这艘游船的再度现身兴趣不大。在柏林，随处可见公寓紧闭的大门、运河废河道、二层楼上的窗户、酒吧一角的桌子，它们是空间中的黑洞。无论是谁，不知不觉滑入这黑洞意味着下一个瞬间他会发现自己仍停留在原处，如同镜子另一侧老去的爱丽丝，并不清楚所有这些时间以来她究竟做了什么，所有那些时间又究竟去了哪里。但也可能他唯一能判定的是,曾披着件粗棉布外套的他失踪过,而 30 年或 40 年后当他重获意识,他无非只是坐在那里,光脚,身体裹着绸缎。游船的倒影从我身边滑过,它正离开博物馆岛,船上不见其他乘客;但就在起航的信号响起的片刻,人行桥上至少有从两辆客满的大巴士涌出的,头发灰白的青春期男女步行穿过;数年前,猝不及防地,退休生活降临他们的世界。船长和一名导游迫不及待地打开甲板中央的顶盖,抽出另外十把塑料椅,仿佛搬出十条大鱼。几分钟之内,游船便成了一艘如罐装沙丁鱼一般拥挤的豪华游艇,一对老者不得不在几只啤酒箱上落座,外套衬在救生衣里头。唯一感到局促的是我;以我的年龄,不难做她们的孙辈。甲板在剧烈地晃动,人群中几乎坐在了我的膝上的两位女士,并没有隐去她们脸上满足的微笑。似乎船身意识到它负载的时间的重量,几次模仿钟摆运动的危险尝试后,它忽然停顿了。导游马上开始了当众颂念,单调的节奏令人忆起最熟练的涉水虔信者们克服主祷文暗涌的水阻的方式,脱口而出,无暇思及。念珠般成串的数字蜂拥过来;这些是腓烈特·威廉与腓烈特,另一个腓烈特·威廉与腓烈特大帝,再一位腓烈特跟另一位威廉以及另外一位独一无二的威廉的生年与卒日;或是关于河两岸这一家博物馆那一间酒店或另一幢楼宅的兴造、拆除、再建的年份。间或有几个糟糕的政治笑话夹杂。每当导游的音调在每一次延时小跑的终点做一个弓步式旋转急停之后，两位头戴遮秃假发，牙齿已落光的老人便会发出一声长叹。德国国会大厦有全世界最大的玻璃拱顶，它是按照建筑师诺曼·福斯特的设计方案建造的。噢……柏林人剧团，二战以后，贝托尔特·布莱希特曾经在那里上班直到他在 1956 年去世。噢……总理府阳台，一名当地的看门人住过;不过最近他搬走了，因为不论什么时候他出现在阳台上，所有的行人都会朝他挥手，他们以为他就是总理。噢……随着每一次张望，两件救生衣都要随气压的变化瘪塌一轮。两只高龄信天翁，只能从一块岩石上审视那在前方高飞的。来到这儿的是两位宣告上帝天国来临的预言者，两位脚踏塑料鞋，挎着当铺专用手袋的女士，来自古本①，身着轻便的中国式样夏装。她们活过了两次世

---

① 古本(Guben)，原称"古本"，1961 年改成"威廉·皮克城"，1991 年复名"古本"。德国东部边境城市，邻近波兰。初为村落，1235 年建市。著名的帽子生产中心。有化纤、纺织、制鞋等工业，有古城墙遗迹。

界大战，一次是她们自己国家的，另一次始于其他国家的宣战①；饥荒、恫吓、不同的政治制度和人类狭隘思维的灾难性形制；而现在，似乎愚蠢许久以来依旧不知疲倦，她们竟仍要花费时间领悟旅游业的神髓。噢……当我们经过国会大厦向码头返航，左侧的女士停止了欷歔。我看见她身子轻轻向后仰，在笼统的太息之中，她的眼眶忽然变得湿润。她的头开始颤抖，但她迅速定下神来，细细观察她的同行——她们两人的年龄掂量起来至少超过了一个半世纪。她注意到了突如其来的虚弱在发作。与此同时，导游扬起的手臂指向远处的八个十字架。七个十字架是为了纪念七个受害人，他们在试图游过河面逃到西柏林的时候，被当场射杀，就发生在这里。第八个是为了纪念所有其他人，那些在不为人知之境死去的人们。

---

① 此处指 1946 至 1991 年间的冷战。

第三十一章　结束篇

　　柏林将我与我的身体分离。我搜寻它如同搜寻一页撕下的日历；场景、街道、面容，缓慢地迁移入我内部。在这些街道、场景和面容之外，时间并不存在。只有当它们在空间中挥霍地自我磨蚀，分钟和小时才获得意义。如果，在厨房的角落，在成堆标注着月、日记号的纸张中，时间没有在它自身的流失中忍受饥馑，这一年就永远不会结束。12 乘以时间的逻辑，集结并试图增长，增重，6 月 1 日，6 月 2 日，6 月 3 日；而 12 乘以数字的逻辑并未能赢取哪怕一分钟。厨房里的日历是天性使然的饥民。我的眼光扫过厨房窗玻璃，当时间的饥饿舔净盘碟，我越来越能清楚地感觉到它。威莫区楼群之间酸橙树的荫翳里，土耳其儿童正向空中撒播喧哗和笑声。两个女人占据了游乐场边的一张长椅。她们方头巾的开口形似一位警觉的母亲的两只眼睛。当她们在耳语中触碰到对方身体，两个脑袋融并成一张内斜视的脸庞。戒备着什么似地，她们的视线追踪着一位借力自己的双轮购物小推车向前挪动的退休公务员，一名穿蓝吊带工装裤的工人和卡在他手掌虎口中的啤酒瓶溜肩，一名疾走的、留短发的女知识分子，她的眼镜有不停变换色彩的斑斓镜片。她们唯一忽略的，是我手中一大块玻璃酒瓶的碎片。在我的拇指和食指之间，裹在一块清洁海绵中的是一块粘着泡沫和昨夜的红渍的玻璃。凝望这座城市，如同朝光线举起一块碎玻璃；我注意到沿它的边缘发生的视角变换，半透明的污斑残影和它反射的映像会同时出现。这座普鲁士人之城，土耳其人之城，俄国人之城与犹太人之城，白日梦者与势利眼们的城市，波兰人之城与美国人之城，骚莎舞者之城与同性恋者之城，肚圆腰壮的工人与穿制服的售货女郎的城市，狗与垃圾之城，失业艺术家之城与因薅人羊毛劳累过度的吸血鬼之城。巴比伦塔的断裂，也许是因为我们什么也没学到，而柏林，却可能从毁坏与湮灭中生长。破碎的时间的棱边处处清晰可见，即便是德国人，用他们向来喜爱沉迷于建造和翻修的双手，也不能掩藏或涂饰它们。与那些泯灭在从国会大厦到面朝波茨坦广场方向的勃兰登堡门之间的沥青路面的绽裂相比，柏林的撕裂，在更深的深处发生。在一堵墙将"酸菜"的德国与苦涩的德国分隔开的地方，总是不难发现泛滥着狂热的观光客们流光掠影的痕迹，他们与圣母玛利亚圣像的敬拜者们并无不同。当半路杀出的一幢新近建造的摩天大厦的灰绿色大理石墙面，让地面老旧裂缝上树立的地标不得不陡然噤声的时候，当用脚步追踪着这些地标的人抬头发现自己的脸已被摄入某间饭店的窗影的时候，柏林的时间才会自动重新校准为"此地"，和"此时"。从短碎的玻璃残片中，过往的小时和分钟在冒着泡向上翻腾，溅湿那搜寻着他昨日的身体，他 12 个月前的身体的梦游者。记忆无非是一张想入非非的城市地图，每一次被打开，它的坐标会改换，主干道在移位，街道更新它们的名称，广场在不同方位消失复又浮现。甚至连一声呻吟也被回避掉了，我的老相识，厨房里的日历，已缄默地就范于饥馁。那就在近日以它全部的丰满站立在我面前的可能性的影子，已稀薄羸弱到了我可以踩穿它的程度；我手中的破玻璃片的边缘简约地反射出它的冷淡和含蓄。

那把偷偷摸摸将额外一大勺蓝莓冰激凌塞进口中的勺子，那只在色拉碗中翻寻最后一簇菊苣叶的叉子，那把插进烤肉的餐刀，再一次被平放在橱柜的抽屉里，仿佛没有被人碰过。客人们方才离去，而一切已看上去像是无人踏足过这厨房。客人散去，我与他们一道离开。我仅仅是在这些句子里写下了那曾令我忻然的，也就是我和陪伴我的遐思交托给这个地方的，虽然我的身体，已然弃它而去。

作者致谢

有一些书不像雨，像我们常以为的，迟早会从天空坠落；它们也不像李子，只需果农稍事用心，便会硕果累累。没有德意志学术交流中心艺术项目（DAAD Künstlerprogramm）提供的奖金，这本书不可能完成；2005 至 2006 年受邀期间，我在柏林居住。倘若没有那些总是鼓励我开始写作此书的朋友们，没有他们的资讯、想法，时间和友善给与我的帮助，这样一本书不可能存在。谢谢你，Nina，为一次本雅明式的历险。谢谢你，Eggi，为了黑森林樱桃蛋糕。谢谢你，Mitja、Duško 和 Tomo，为了你们的阅读和宝贵的批评。尤其要谢谢你，Tanja，为了你帮助我选择照片。谢谢你，俪真，为了你的耐心、信任和关爱。还有你，Maja，我的妻子，我的柏林，为了所有的一切。

图书在版编目(CIP)数据

面包与玫瑰:柏林故事/(斯洛文尼亚)阿莱士·施蒂格著;梁俪真译.
--上海:华东师范大学出版社,2019

ISBN 978-7-5675-8053-4

Ⅰ.①面… Ⅱ.①阿… ②梁… Ⅲ.①散文诗—诗集—斯洛文尼亚—现代②摄影集—斯洛文尼亚—现代 Ⅳ.①I555.425②J431

中国版本图书馆 CIP 数据核字(2019)第 023164 号

华东师范大学出版社六点分社

企划人 倪为国

BERLIN
by Aleš Šteger
Copyright © Aleš Šteger
Simplified Chinese edition arranged with Aleš Šteger
Simplified Chinese Translation Copyright © 2019 by East China Normal University Press Ltd
ALL RIGHTS RESERVED.
上海市版权局著作权合同登记 图字:09-2018-568 号

面包与玫瑰:柏林故事

作　　者	[斯洛文尼亚]阿莱士·施蒂格
译　　者	梁俪真
策划编辑	王　焰
责任编辑	古　冈
封面设计	夏艺堂艺术设计＋夏商

出版发行　华东师范大学出版社
社　　址　上海市中山北路 3663 号　邮编　200062
网　　址　www.ecnupress.com.cn
电　　话　021-60821666　行政传真　021-62572105
客服电话　021-62865537
门市(邮购)电话　021-62869887
地　　址　上海市中山北路 3663 号华东师范大学校内先锋路口
网　　店　http://hdsdcbs.tmall.com

印 刷 者　上海盛隆印务有限公司
开　　本　787×1092　1/32
印　　张　6
字　　数　90 千字
版　　次　2019 年 3 月第 1 版
印　　次　2019 年 3 月第 1 次
书　　号　ISBN 978-7-5675-8053-4/I·1917
定　　价　48.00 元

出 版 人　王　焰

(如发现本版图书有印订质量问题,请寄回本社客服中心调换或电话 021-62865537 联系)